CW00460184

LES GENS D'EN FACE

Paru dans Le Livre de Poche :

L'Affaire Saint-Fiacre
L'Ami d'enfance de Maigret
L'Amie de Madame Maigret
Au Rendez-Vous des Terre-Neuvas
Le Charretier de la Providence
Le Chien jaune
La Colère de Maigret
Les Complices
Le Coup de lune
Le Crime du Malgracieux
La Disparition d'Odile
En cas de malheur
L'Enterrement de Monsieur Bouvet
Les Fantômes du chapelier
Les Fiançailles de M. Hire
La Folle de Maigret
Le Fou de Bergerac
La Fuite de Monsieur Monde
Le Grand Bob
L'Horloger d'Everton
La Jument perdue
Lettre à mon juge
Liberty Bar
Maigret à l'école
Maigret à New York
Maigret a peur
Maigret à Vichy
Maigret au Picratt's
Maigret aux assises
Maigret chez le coroner
Maigret chez le ministre
Maigret en meublé
Maigret et l'affaire Nahour
Maigret et l'homme du banc
Maigret et l'indicateur

Maigret et la Grande Perche
Maigret et la jeune morte
Maigret et la vieille dame
Maigret et le clochard
Maigret et le corps sans tête
Maigret et le marchand de vin
Maigret et le tueur
Maigret et Monsieur Charles
Maigret et son mort
Maigret hésite
Maigret se trompe
Maigret tend un piège
La Maison du canal
Les Mémoires de Maigret
Mon ami Maigret
La Mort de Belle
La Nuit du carrefour
L'Ombre chinoise
L'Ours en peluche
Le Passager clandestin
La Patience de Maigret
Pedigree
Le Petit Homme d'Arkhangelsk
Pietr le Letton
La Première Enquête de Maigret
Le Président
Les Quatre Jours du pauvre homme
Le Relais d'Alsace
Le Revolver de Maigret
Les Scrupules de Maigret
Strip-tease
Trois chambres à Manhattan
Une confidence de Maigret
Les Vacances de Maigret
Le Voleur de Maigret

GEORGES SIMENON

Les Gens d'en face

PRESSES DE LA CITÉ

Je n'ai jamais écrit de préface, parce que je me considère comme un ouvrier et qu'un objet ou un roman est réussi ou raté.

Hélas ! on vieillit et, avec l'âge, on prend de l'expérience, si bien qu'aujourd'hui, après avoir vu certains de mes personnages se retourner contre moi et me traîner en correctionnelle, je prends quelques précautions avant d'en lancer de nouveaux dans la circulation.

« Les gens d'en face » habitent Batum, le port russe du pétrole. Non seulement j'en reviens, mais, après des semaines d'écrasement soviétique, il me reste des gaucheries comme de m'assurer, avant de manger un plantureux repas, que personne ne me guette du dehors.

« Les gens d'en face » existent, tous, sans exception, car je n'ai jamais été capable d'inventer un personnage, ni un décor, ni même une aventure.

L'appartement d'Adil bey existe, et la chambre de Sonia, et l'hôtel des Pendelli, les bains clos de fils de fer barbelés, le Lénine en bronze et la maison des clubs.

John existe... Nejla aussi...

Comme les milliers de personnages que je traîne derrière moi dans je ne sais combien de livres. Franchement, à moins d'être Dieu le Père, comment aurais-je créé tout ce monde ?

Seulement, ils n'existent pas tels qu'ils sont dans mes histoires, à l'endroit où je les place, avec telle profession, telle nationalité, ni même avec tel nez ou tel chapeau.

Dans mon roman, Adil bey est turc, Amar est persan,

7

Pendelli est italien. J'adore les Turcs, chez qui je viens de vivre quelques semaines, je n'en veux pas aux Persans et j'ai mes meilleurs amis en Italie.

A Stamboul, on me dira : « Mais pourquoi avez-vous choisi un Turc ? »

Pourquoi ? Eh bien ! d'abord, parce qu'il faut qu'un consul soit le consul d'un pays. Ensuite, parce qu'ailleurs, dans le nord de la Russie, j'ai rencontré ce consul-là, ou presque. Et encore parce que...

Parce que, surtout, c'est comme ça. Comprenez-vous ? On ne discute pas avec soi-même. On ne se demande pas : « Sera-t-il turc, grec ou roumain ? »

Il naît turc dans votre tête, avec un nom, un visage, un état civil, comme on naît turc à Ankara. Le malheur, c'est que dix Adil bey se reconnaissent, tous ceux à qui vous avez pris quelque chose et même d'autres que vous n'avez jamais vus.

J'ai écrit un roman. Batum est vrai. Les gens sont vrais. L'histoire est vraie.

Ou, plutôt, chaque détail est vrai, mais l'ensemble est faux...

Non ! L'ensemble est vrai et chaque détail est faux...

Ce n'est pas encore ce que je veux dire. C'est un roman, voilà ! Est-ce que ces mots-là ne devraient pas suffire ?

Et, pour ma part, j'aime mieux l'écrire que l'expliquer.

Georges Simenon *

* Préface écrite pour Les Annales, où le roman parut en prépublication du 1er septembre au 13 octobre 1933.

1

— Comment ! vous avez du pain blanc !

Les deux Persans entraient dans le salon, le consul
et sa femme, et c'était celle-ci qui s'extasiait devant
la table couverte de sandwiches joliment arrangés.

Or, il n'y avait pas une minute qu'on disait à Adil
bey :

— Il n'existe que trois consulats à Batum : le
vôtre, celui de Perse et le nôtre. Mais les Persans sont
infréquentables.

C'était Mme Pendelli qui parlait ainsi, la femme
du consul d'Italie, et celui-ci, affalé dans un fauteuil,
fumait une mince cigarette à bout rose. Les deux
femmes se rejoignirent en souriant au milieu du salon
au moment précis où des sons, qui n'avaient été
jusque-là qu'une rumeur vague dans la ville enso-
leillée, s'amplifiaient et soudain, au coin de la rue,
éclataient en fanfare.

Alors tout le monde gagna la véranda pour regarder le cortège.

Il n'y avait qu'Adil bey de nouveau, si nouveau qu'il était arrivé à Batum le matin même. Au consulat de Turquie, il avait trouvé un employé venu de Tiflis pour faire l'intérim.

Cet employé, qui repartait le soir, avait amené Adil bey chez les Italiens, afin de le présenter à ses deux collègues.

La musique s'intensifiait toujours. On voyait des instruments de cuivre s'avancer dans le soleil. Ils ne jouaient peut-être pas un air gai, mais c'était quand même un air allègre, qui faisait tout vibrer, l'air, les maisons, la ville.

Adil bey remarqua que le consul de Perse avait rejoint, près de la cheminée, l'employé de Tiflis, et que tous deux s'entretenaient à mi-voix.

Puis il s'occupa du cortège, car il distinguait, derrière la fanfare, un cercueil peint en rouge vif, que six hommes portaient sur les épaules.

— C'est un enterrement ? demanda-t-il naïvement en se tournant vers Mme Pendelli.

Et celle-ci pinça les lèvres pour ne pas rire, tant il était ahuri.

C'était un enterrement, le premier enterrement qu'Adil bey voyait en U.R.S.S. Les hommes de la fanfare étaient habillés comme les membres d'une société de gymnastique, en blanc, avec des espadrilles aux pieds et une large cocarde rouge sur le cœur. Le cercueil était mal raboté, mal peint, mais d'un rouge aveuglant. Quant aux gens, derrière, ils suivaient comme on suit une musique. Il y en avait en bras de chemise, en chandail, des femmes en robe de coton blanc, les jambes nues, deux hommes seulement en veston et cravate, des chefs sans doute, beaucoup de crânes rasés et, au dernier rang, un jeune homme monté sur un beau vélo neuf qui faisait des zigzags pour ne pas perdre l'équilibre et, de temps en temps, s'appuyait de la main à l'épaule d'une jeune fille.

Au moment de passer devant le consulat, chacun levait la tête et regardait les étrangers de la véranda.

— Que pensent-ils ? murmura Adil bey.

La Persane, qui avait entendu, répliqua cyniquement :

— Que nous allons manger du pain blanc !

Elle riait. Les hommes qui défilaient, dans la rue, la voyaient rire. Leur visage ne changeait pas d'expression. Ils passaient. Ils suivaient la musique et le cercueil rouge. Personne n'aurait pu dire s'ils étaient gais ou tristes et Adil bey, mal à l'aise, recula vers le salon.

— Vous avez déjà fait le tour de la ville ?

C'était la Persane, qui l'avait suivi.

— Je n'ai rien vu jusqu'à présent.

— C'est un trou !

Elle le regardait dans les yeux de ses prunelles noires qui étaient bien ce que le Turc avait vu de plus effronté au monde. Jamais on ne l'avait examiné ainsi, comme un objet qu'on hésite à acquérir. Et le pis, c'est qu'elle laissait voir ses impressions sur son visage. On sentait très bien qu'elle pensait :

— Il n'est ni bien, ni mal, peut-être un peu bêta.

Enfin, elle dit tout haut :

— Vous savez que nous sommes condamnés à vivre ensemble pendant des mois, ou des années. Nous sommes six en tout, y compris John, de la Standard, mais il est toujours ivre. A propos, chère amie, John ne viendra pas ?

Tout le monde rentrait tandis que la queue du cortège disparaissait au fond de la rue. L'air vibrait encore. Il régnait une chaleur lourde.

— Vous partez ? s'étonna Mme Pendelli.

Car l'employé de Tiflis prenait congé.

— J'ai mon train dans une heure.

— Mais vous ? poursuivit l'Italienne en s'adressant au consul de Perse.

— Vous m'excuserez un instant. Je vais revenir. Je dois discuter quelque chose avec lui...

Adil bey était vraiment trop nouveau pour prendre la moindre part à l'activité qui l'entourait. Il se retrouva, une tasse de thé à la main, assis dans un fauteuil, entre l'Italienne et la Persane, tandis qu'en face de lui Pendelli soufflait doucement, car il était gras et la chaleur l'incommodait.

Le salon était grand, avec des tapis, des tableaux aux murs, des meubles comme dans tous les salons. Sur le plateau, il y avait des sandwiches, des gâteaux et une bouteille de vodka. La baie s'ouvrait sur la terrasse inondée de soleil et il en venait des bouffées brûlantes avec comme une odeur, une ambiance de rue déserte.

La tasse de Mme Pendelli tinta en touchant la soucoupe et Pendelli, avec un soupir, murmura :

— Vous parlez le russe ?

Cela semblait ne s'adresser à personne, car il regardait les sandwiches, mais Adil bey répondit :

— Pas un mot.

— Tant mieux.

— Pourquoi est-ce tant mieux ?

— Parce qu'ils préfèrent les consuls qui ne comprennent pas le russe. C'est toujours cela de gagné.

Pendelli parlait avec condescendance, en homme qui se trouve bien bon de se donner tant de peine. La Persane continuait son examen d'Adil bey. Mme Pendelli avait un vague sourire de maîtresse de maison.

— Naturellement, ce sont les bateaux qui vous apportent votre farine ?

Il sembla à Adil bey que la musique se rapprochait à nouveau, mais cette fois derrière la maison. La Persane continuait, du même ton qu'elle eût dit une méchanceté :

— Tout le monde ne peut pas être consul d'Italie et voir arriver un cargo par semaine ! Sans compter que c'est une distraction de dîner à bord, de recevoir les officiers...

— On s'en lasse, dit Mme Pendelli en versant du thé à Adil bey.

Or, celui-ci eut le malheur de demander :

— Il ne vient jamais de navires turcs ?

Pendelli bougea dans son fauteuil. Il bougea sans but, d'une façon insensible, mais on comprit qu'il allait dire quelque chose.

— Il existe donc des navires turcs ?

Il ne riait pas. Il avait les lèvres entrouvertes, les paupières mi-closes.

Adil bey ne savait pas encore ce qui allait arriver, mais déjà il avait les yeux brillants, les joues plus chaudes.

— Que voulez-vous dire ?

Mme Pendelli mettait deux morceaux de sucre dans la tasse. Pendelli prenait un air bon enfant.

— Ne vous fâchez pas. Mais l'idée d'un navire conduit par un Turc...

— Nous sommes des sauvages, sans doute ?

Cela s'était déclenché soudain. Adil bey était debout. Il ne voyait plus les objets, ni les visages avec la même netteté.

— Mais non ! Asseyez-vous. Il y a près de dix ans que vous ne coupez plus les têtes...

Mme Pendelli souriait avec condescendance.

— Votre thé, Adil bey.

— Merci, madame.

— Mon mari plaisante, je vous assure.

— C'est possible, mais moi je ne plaisante pas. Nous sommes une jeune république, je le sais. Sans doute avons-nous gardé quelques gaucheries, mais...

— Mais vous voulez qu'on vous traite comme la plus grande nation du monde !

Déjà personne n'eût pu dire comment cela avait commencé. Le consul de Perse était rentré sans bruit.

— Venez ici, Amar ! Notre nouvel ami ne comprend pas la plaisanterie et il est amusant comme tout quand il se fâche. Au fait, Adil bey, jouez-vous au bridge ?

— Non.

Il ajouta durement :

— C'est un jeu trop raffiné pour un Turc !

Mme Pendelli voulut le calmer.

— Je vous jure que mon mari...

— Votre mari croit qu'il n'y a que l'Italie au monde ! Il imagine encore la Turquie avec des harems, des eunuques, des cimeterres et des fez rouges.

— Quel âge avez-vous ? demanda la Persane en souriant.

Et lui, toujours méchant :

— Trente-deux ans. Je me suis battu pour mon pays dans les Dardanelles, puis pour la République en Asie Mineure. Je ne permettrai jamais que, devant moi...

— Où êtes-vous né ? questionna Pendelli qui venait d'allumer une nouvelle cigarette.

— A Salonique.

— Ce n'est plus la Turquie. Il paraît que les Grecs en ont fait une belle ville...

Adil bey étouffait. Il en oublia de quel côté était la porte et il marcha droit vers un placard. Mme Amar ne put retenir un éclat de rire et il la regarda si furieusement qu'elle dut s'essuyer les yeux de son mouchoir.

Jusqu'à la rue, Adil bey fut inconscient. C'est à peine s'il remarqua Mme Pendelli qui le suivait et qui, dans le corridor, lui mit une main sur l'épaule en disant avec une moue :

— Il ne faut pas prendre au sérieux tout ce que dit mon mari. Il est très taquin.

Il saisit son chapeau et plongea dans le soleil. Les rues étaient chauffées comme un four. Pendant un bon quart d'heure, il marcha au hasard, sans rien voir, à remâcher sa rancœur. Puis, il essaya de reconstituer les phases successives de la discussion.

C'était impossible. Par contre, il revoyait des images, surtout Pendelli, épais, adipeux, vautré dans son fauteuil et fumant ses ridicules cigarettes de dames. Est-ce qu'il ne suait pas l'orgueil ? Il avait une belle maison avec une terrasse, un salon et même

15

un piano à queue dont sa femme devait jouer. Il servait des sandwiches raffinés, comme en Europe. Il avait du pain blanc.

— Et il considère les Persans comme infréquentables, fit Adil bey à mi-voix.

Lui aussi, au fond. Il n'aimait pas les Persans. Mme Amar l'avait irrité par sa façon insolente de l'examiner de la tête aux pieds. Quant au consul, il n'avait rien dit. Il était maigre, quelconque, avec de petites moustaches brunes, un complet mal coupé et des souliers vernis.

— Ils l'ont fait exprès de me recevoir ainsi !

C'était le jour de repos qui, en Russie, succède à cinq journées de travail. A mesure qu'il se rapprochait du port, Adil bey rencontrait des gens qui marchaient le long des rues et peu à peu, malgré sa colère, il regardait autour de lui.

Mais c'était surtout lui qu'on regardait. A son passage, chacun se retournait et on le suivait longtemps des yeux. Qu'avait-il d'extraordinaire ?

Le ciel devenait plus rouge, les ombres plus bleues. Il devait être au moins huit heures. La foule se dirigeait d'un même côté et Adil bey qui la suivait déboucha sur le port. Toute la ville, en somme, s'était déversée sur le quai, et une impression de vie tumultueuse succédait à la sensation de vide qu'on ressentait au long des rues. Il y avait encore de la musique quelque part. Un bateau venait d'arriver d'Odessa. Des centaines de gens débarquaient et des centaines d'autres les regardaient passer.

Le ciel et la mer étaient pourpres. Des mâts se dessinaient en noir. Des barques oscillaient sans bruit.

Et des hommes, des femmes, sans fin, frôlaient

Adil bey, le regardaient sans vergogne. Il y avait même des gamins qui le suivaient pour le mieux voir.

Par moments, il oubliait le consul d'Italie et il cherchait à se situer dans l'espace.

A droite et à gauche de la baie, l'horizon était fermé par des montagnes et au fond, il y avait ce long quai que les gens foulaient en troupeau. Dans la baie même, des bateaux, sept ou huit, peut-être plus, étaient englués dans l'eau calme.

Quant à la ville, derrière le port, c'étaient de petites rues, à l'infini, mal pavées ou pas pavées du tout, bordées de maisons délabrées.

Adil bey avait soif. Il vit une sorte de guinguette, au bord de l'eau, et il s'assit devant une table. Un garçon circulait, servait de la bière et des limonades. On payait avec des roubles en papier et Adil bey pensa qu'il n'avait pas encore d'argent russe et s'en alla.

Des becs de gaz s'allumaient, ainsi que les feux verts et rouges des navires à l'ancre. Des matelots italiens passaient en compagnie de femmes en savates. L'homme au vélo se promenait tout doucement sur sa machine et il avait installé une jeune fille sur le cadre. A cause de la foule, il faisait des tours et des détours.

L'air était frais. Un fin brouillard descendait vers le pied des montagnes.

La musique devint plus forte, comme au moment où l'enterrement avait débouché dans la rue, mais ce n'était plus l'enterrement.

Il y avait une grande maison neuve percée de nombreuses fenêtres. Portes et fenêtres étaient ouvertes. Des jeunes gens et des jeunes filles étaient assis sur les rebords et à l'intérieur on apercevait des guirlandes en papier, des portraits de Lénine et de Staline, des affiches de propagande.

C'est cette maison que la musique faisait vibrer tandis que, dans une des pièces du rez-de-chaussée aux murs couverts de graphiques, des hommes sans veston écoutaient un camarade qui parlait et frappait la table du poing.

Ce n'était pas seulement à cause de la musique que cela lui rappela l'enterrement. Il y avait quelque chose de commun dans l'attitude des gens, de ceux qui suivaient le cercueil, comme de ceux qui étaient aux fenêtres ou qui écoutaient l'orateur, quelque chose qui faisait penser à Adil bey qu'il n'arriverait jamais à comprendre.

Mais quoi ? Ce n'était pas tant leur tenue, qui évoquait une société, ou un patronage. La plupart étaient habillés en blanc, col de chemise ouvert. Beaucoup de crânes étaient rasés. Les femmes ne portaient pas de bas, mais souvent de petites chaussettes roulées sur les chevilles, des robes de coton clair.

Pourquoi lui étaient-ils tous si étrangers, même ceux de la rue, qui faisaient demi-tour au pied de la statue de Lénine, un Lénine en bronze, court, ramassé sur lui-même, les pantalons lâches, les pieds posés sur une boule représentant le monde ?

Le contraste était violent entre l'homme noir, si petit, et ces grands garçons, ces jeunes filles en clair qui passaient et repassaient et qui dévisageaient Adil bey en éclatant de rire.

— Comment la dispute a-t-elle commencé ? se demanda-t-il une fois de plus.

Maintenant, il était triste. Il se sentait seul. Fikret,

l'employé qui avait assuré l'intérim, était retourné à Tiflis, et, d'ailleurs, il n'était pas sympathique. C'est à peine s'il avait accueilli le consul.

— Vous trouverez toutes choses dans l'état où je les ai trouvées moi-même il y a un mois, à la mort de votre prédécesseur, avait-il dit.

— De quoi est-il mort ?

L'employé n'avait pas envie de parler.

— La secrétaire viendra demain matin. Elle est au courant. Bien entendu, c'est une Russe.

— Je dois m'en méfier ?

Son interlocuteur avait haussé les épaules. N'aurait-il pas dû donner quelques explications, comme cela se fait entre gens d'un même pays ? Et aussi aider Adil bey dans l'organisation de sa vie matérielle ?

Il s'avisait soudain qu'il ne savait même pas où il pouvait manger ! Il avait aperçu une servante dans la cuisine, et aussi un homme dont il ignorait les fonctions. Etaient-ce ses domestiques ?

A qui pouvait-il s'adresser, maintenant ? Il était brouillé avec les Italiens et probablement, du même coup, avec les Persans.

Il continuait à suivre la foule, de la statue de Lénine à la raffinerie de pétrole. Près du port de pêche, il y avait quelques maisons neuves entourées de terrains vagues et là, par terre, des hommes, des femmes et des enfants assis ou couchés. Ce n'étaient pas les mêmes que ceux de l'enterrement, ni de la grande maison, ni même de la foule en mouvement. Ils étaient sales et mornes. Adil bey entendit parler turc et il constata que c'était par les gens les plus

19

misérables, vêtus de loques, vautrés dans la poussière comme des romanichels.

Il les avait dépassés, mais il fit demi-tour et, debout près d'eux, il questionna :

— Vous êtes turcs ?

Des têtes se levèrent, indifférentes. On le regarda de bas en haut. Puis, avec la même lenteur, les visages se détournèrent. Et pourtant ces gens-là parlaient sa langue !

Il devait avoir l'air stupide, debout au milieu d'eux, et il ressentit à la fois de la honte et de la colère.

Six ou sept fois au moins il avait arpenté le quai dans toute sa longueur. La foule devenait moins épaisse. Il était un peu plus de dix heures. Dans une encoignure, il y avait quelques femmes et l'une d'elles fit deux pas pour se trouver sur son passage, puis rejoignit les autres.

— Mme Pendelli doit être plus intelligente que son mari, pensa-t-il.

Mais à quoi bon ? Elle ne pouvait plus lui être d'aucun secours. Il revit toutes les fenêtres garnies de jeunes gens et de jeunes filles. Pendant quelques minutes, il marcha dans un nuage de musique.

Il se demandait de quoi son prédécesseur était mort. Qui était-ce ? Quel âge avait-il ?

Deux fois il se trompa de chemin en voulant regagner le consulat. Les rues se ressemblaient, avec la chaussée creusée par les pluies et les eaux sales, les tas de pierres à l'abandon, les portes ouvertes sur des porches obscurs.

Enfin, il reconnut la maison dont il occupait le premier étage. L'escalier n'était pas éclairé. Il y heurta un couple enlacé et balbutia des excuses.

20

Il avait une clef. Dès les premiers pas, il comprit que l'appartement était vide et cela lui fit quelque chose. Là-bas, au consulat d'Italie, on causait mollement dans le salon illuminé, autour des sandwiches et des verres de vodka. Le parfum de Mme Amar avait suffi à imprégner l'atmosphère de féminité.

— Quelqu'un ?... cria-t-il dans l'obscurité en cherchant le commutateur électrique.

D'une ampoule sans abat-jour tomba une lumière triste et il vit l'antichambre avec ses deux bancs, ses murs ornés d'avis officiels, son odeur de misère.

La pièce suivante était son bureau. Puis, à gauche, il y avait une sorte de salle à manger. Un guéridon attira son attention, il ne sut pas tout de suite pourquoi. Ensuite, la mémoire lui revint. Le matin, il avait aperçu à cette place un phonographe et des disques. Or, le phonographe avait disparu. Disparu aussi le tapis turc qui recouvrait le divan !

— Il n'y a personne ? répéta-t-il d'une voix mal assurée.

Personne, non, ni dans sa chambre, ni dans la cuisine où un robinet était planté au-dessus d'un évier sale.

Tout était sale, les murs, les plafonds, les meubles, les papiers, sale d'une saleté lugubre qu'on rencontre dans les casernes et dans certaines administrations. Sur les planches du buffet, il n'y avait rien à manger et les assiettes du déjeuner n'étaient pas lavées.

— Pourquoi aussi s'est-il obstiné à mépriser la Turquie ? grommela-t-il en cherchant un endroit où s'asseoir.

Il revoyait la jolie main de Mme Pendelli tenant la pince à sucre au-dessus de sa tasse. Elle était très bien, Mme Pendelli. Sa robe de soie bleue faisait ressortir ses lignes pleines, car elle était charnue. Charnues aussi ses lèvres qui découvraient des dents très blanches. Mais surtout elle évoluait dans son salon avec une aisance de femme du monde.

— Ce n'est pas comme cette noiraude de Persane !

Une petite effrontée, à la chair dure comme une olive, qui devait se jeter au cou de tous les hommes !

Adil bey ne savait même pas où était son lit. On ne lui avait pas donné le temps de défaire ses malles. Il but de l'eau du robinet et lui trouva un goût pharmaceutique.

On marchait, à l'étage au-dessus. Il regarda par la fenêtre et vit des gens accoudés à la fenêtre d'en face, dans l'obscurité à prendre le frais sans mot dire.

Comme il n'y avait pas de rideaux au consulat, ils voyaient tout ce qu'Adil bey faisait. Y avait-il des rideaux le matin ? Il n'arrivait pas à s'en souvenir. Et il cherchait à s'installer quelque part quand toutes les lampes s'éteignirent à la fois, non seulement dans l'appartement, mais dans la rue.

Le couple, en face, était toujours accoudé à sa fenêtre, car on n'avait perçu aucun mouvement. D'ailleurs, Adil bey finit par distinguer le blanc de la chemise de l'homme, puis la tache laiteuse des visages.

Les lampes ne se rallumaient pas. Ce n'était pas une panne, mais le courant que l'on coupait chaque jour à minuit. Il y avait des pas dans une rue proche. Un animal cria, un chat ou un chien.

Le consulat d'Italie était-il sans courant, lui aussi ? Du moins, dans ce cas, des lampes étaient-elles préparées ! Adil bey, qui ne fumait pas, n'avait même pas d'allumettes !

Désolé, il regardait autour de lui tandis qu'un vague halo imprégnait peu à peu l'obscurité, venant du ciel où rôdaient des nuages blancs.

Il ne lui restait qu'à dormir. Il se coucha tout habillé sur le divan, sursauta quand un rayon de lune l'atteignit. S'était-il assoupi entre-temps ? Il n'en savait rien. Il courut à la fenêtre. Il chercha la fenêtre d'en face et il y trouva d'abord un point brillant, celui d'une cigarette, puis une manche de chemise, un bras replié, la tête d'un homme et, tout près, la femme qui avait laissé rouler ses cheveux sur ses épaules.

La clarté de la lune s'infiltrait dans l'ombre même et, derrière le couple, Adil bey devina le rectangle blanc d'un lit.

— Ils me voient, songea-t-il. Ils ne peuvent pas ne pas me voir !

Par bravade, il colla sa tête à la vitre, sans se demander si, le nez épaté par le contact du carreau, il était menaçant ou comique.

2

Adil bey s'éveilla ruisselant de soleil, la peau moite, les paupières chaudes et, sans quitter le divan, sans même lever la tête, il commença par regarder la maison d'en face qui baignait dans l'ombre.

Aussitôt, il fut debout, vexé, et son premier geste fut d'aplatir ses cheveux ébouriffés. La fenêtre était ouverte, de l'autre côté de la rue. Une femme mettait la chambre en ordre et la façon dont elle venait de regarder Adil bey indiquait que ce n'était pas la première fois qu'elle l'observait.

Dans la cuisine, du moins, elle ne pourrait pas le voir. Il y alla. Faute de serviette, il mouilla son mouchoir qu'il se passa sur le visage, but une gorgée d'eau, rajusta sa cravate puis regagna la fenêtre, morne et soupçonneux, la poitrine aussi vide et la bouche aussi amère qu'après une nuit d'orgie.

La femme était penchée sur le grand lit dont elle déployait les draps. Il y avait deux oreillers et Adil bey remarqua, à droite de la pièce, un second lit plus étroit.

Une fois encore la voisine se tourna vers lui, mais,

rencontrant son regard, elle n'insista pas. Elle était jeune, bien en chair, d'un type géorgien très prononcé. Faute de peignoir, sans doute, ou d'autre vêtement d'intérieur, elle avait passé à même la peau une robe de jersey de soie artificielle. Et cette robe, d'un jaune violent, qui collait à la chair à chaque mouvement, apportait soudain à Adil bey comme des bouffées familières.

La chambre constituait tout le logement des gens d'en face, car on apercevait des rayonnages avec des livres, une table chargée de tasses et d'assiettes, un réchaud à alcool sur lequel cuisait quelque chose. Des vêtements étaient pendus le long d'un mur et Adil bey finit par ne plus voir qu'un disque vert, une casquette verte qui devenait aussitôt le centre du décor : c'était celle d'un agent du Guépéou.

Il n'avait pas encore pris garde à une rumeur indistincte qui montait de la rue et il baissa la tête. Deux cents personnes au moins faisaient la queue sur le trottoir étroit, les unes assises par terre, les autres debout, et la tête de la file se trouvait juste devant la porte d'en face. Cela devait être une coopérative. Adil bey ne pouvait lire ce qui était écrit à la craie sur les vitres.

Il regarda à l'étage. La femme en robe jaune fermait sa fenêtre ornée de rideaux et dénouait d'une main sa chevelure.

Pourquoi était-il aussi fatigué ? Sans raison, il poussa la porte de son bureau et il resta un bon moment immobile, abasourdi. Il y avait, chez lui, une bonne vingtaine de personnes, sur les chaises, sur le canapé, sur l'appui de la fenêtre ouverte et, dans l'antichambre, il en devinait encore autant. Ces gens le regardaient tranquillement, sans même le saluer, mais un paysan en costume de montagnard, qui devait être le premier arrivé, posa sur le bureau un passeport ouvert.

Seule une jeune fille s'était levée, une blonde vêtue de noir, qui était assise à une petite table et qui attendit, après une ombre de révérence.

Adil bey ne pouvait rester à la porte. Vingt paires d'yeux braqués sur lui, il s'avança jusqu'à son fauteuil cannelé et s'assit d'un air aussi important que possible, tandis que le montagnard en profitait pour pousser le passeport vers sa main.

Ce qui était étrange, impressionnant, c'est que tout ce monde se taisait. Et ce n'était pas par respect, puisque certains fumaient et que le parquet sale était étoilé de crachats ! Depuis combien de temps attendaient-ils ? Qu'est-ce qu'ils voulaient ?

— Mademoiselle ?... fit Adil bey en français.

— Sonia, répondit la jeune fille en noir, qui prit place de l'autre côté de la table.

— Je suppose que vous êtes ma secrétaire ?

— Je suis la secrétaire du consulat, oui.

— Vous parlez le turc ?

— Un peu.

Elle était toute jeune, mais pas intimidée du tout. Elle avait déjà son stylo à la main et elle regardait le passeport comme quelqu'un qui va se mettre au travail.

Adil bey aussi regarda le passeport, mais il n'y comprit rien, car c'était un passeport soviétique. Il prenait son temps. Il feignait de lire. Il regardait autour de lui à la dérobée. C'est ainsi qu'il s'aperçut qu'il y avait un appareil téléphonique sur son

bureau. Il constata aussi que ses visiteurs étaient de
pauvres gens aux vêtements disparates. Une femme,
devant lui, allaitait son bébé et le vieillard assis à
côté d'elle, un bonnet d'astrakan sur la tête, était
pieds nus.

— Mademoiselle Sonia...

Elle se contenta de lever la tête.

— Venez un moment par ici, s'il vous plaît.

Il passa dans sa chambre. La fenêtre d'en face était
toujours fermée. La jeune fille, en entrant, remarqua
que le lit n'était pas défait.

— Mademoiselle Sonia, je n'ai pas le temps,
aujourd'hui, de m'occuper de ces gens. Y a-t-il longtemps qu'ils attendent ?

— Certains sont là depuis six heures du matin. Il
en est dix.

— Voulez-vous néanmoins leur dire...

— Le consulat sera ouvert demain ?

— Demain, oui, demain ! répondit-il avec empres-
sement.

Cette Sonia paraissait à peine dix-huit ans. Elle
était toute menue, avec un petit visage pâle, des yeux
clairs, des cheveux blonds, et pourtant il y avait en
elle une force tranquille, catégorique, qui ahurissait
le consul. La porte était restée entrouverte et il fit
deux pas pour la voir congédier la foule.

Elle se tenait très droite au milieu du bureau, son
stylo à la main, et elle parlait en russe, sans élever
la voix, avec des gestes qui soulignaient sa volonté.
Comme la femme qui allaitait restait assise dans son
coin, elle marcha vers elle, détacha l'enfant du sein,
referma elle-même le corsage.

Tous ces pas faisaient un bruit de troupeau en

marche. Des visiteurs s'attardaient en regardant derrière eux, avec l'espoir qu'on changerait d'avis à la dernière minute. Quand la porte fut enfin refermée, il traînait encore dans le bureau une odeur de misère et de crasse.

Sonia, à son retour, trouva Adil bey assis à sa place, les coudes sur le bureau, le regard découragé.

— Vous avez pris votre thé ? demanda-t-elle.

— Quel thé ?

Et, ne pouvant plus se contenir :

— Où avez-vous vu du thé dans cette maison ? Où sont les domestiques ? Où est le phonographe ? Où...

Cela semblait ridicule de parler du phonographe, mais il en considérait la disparition comme une méchanceté à son égard.

— C'est vrai, les domestiques sont partis, dit-elle.

— Pourquoi ?

— Parce que M. Fikret les a renvoyés.

— Il a renvoyé les domestiques ? De quel droit ? Pour quelle raison ?

Sonia ne souriait pas. Elle restait impassible, l'air réfléchi.

— Il devait avoir ses raisons. Peut-être trouverez-vous une autre servante ?

— Comment : « peut-être » ? Voulez-vous dire que je risque de rester sans domestique ?

— Non, j'espère que je trouverai.

— Et en attendant ?

— C'est difficile. Vous pourriez aller manger dans un restaurant coopératif, mais...

Il l'écoutait comme si de cette jeune fille seule eût dépendu son avenir.

— Avez-vous des *valuta* ? demanda-t-elle.

— Des quoi ?

— Des *valuta*, c'est-à-dire de l'argent étranger. Si vous en avez, je puis aller vous acheter n'importe quoi à Torgsin. C'est un magasin pour étrangers, où l'on doit payer en monnaies étrangères. On y trouve tout ce que l'on trouve dans les magasins d'Europe. Il y en a un dans chaque ville.

Il avait déjà ouvert son portefeuille et il en sortait des livres turques, que la jeune fille regarda en fronçant les sourcils.

— Je ne sais pas si on les accepte. Je vais essayer.

— Comment ? On...

Mais il se tut. Il ne fallait pas recommencer l'histoire du consulat d'Italie. Et pourtant il avait les oreilles brûlantes à l'idée que des livres turques pourraient ne pas être acceptées dans un magasin qui prenait les monnaies étrangères !

— Que voulez-vous manger ?

— Ce que vous voudrez. Je n'ai pas faim.

C'était vrai. Il n'avait pas faim. Il n'avait envie de rien. Ou plutôt si : il avait envie d'une explication, mais avec quelqu'un de responsable. Il voulait savoir pourquoi Fikret avait emporté le phonographe et renvoyé les domestiques, pourquoi le consul de Perse l'avait conduit à la gare, pourquoi les Italiens avaient été si agressifs envers lui, pourquoi les gens d'en face restaient à leur fenêtre jusqu'à des deux heures du matin et pourquoi...

Enfin tout ! Jusqu'à ses livres turques qu'on allait peut-être lui refuser !

— Je serai de retour dans une heure, dit Sonia en

ajustant un petit chapeau noir et en glissant les billets de banque dans son sac à main.

Il ne lui répondit même pas. L'instant d'après, il marchait jusqu'à la fenêtre et se penchait juste au moment où une femme en tablier blanc sortait de la coopérative et accrochait un écriteau à la porte. Il ne pouvait pas le lire. Les gens qui attendaient le lurent, eux, restèrent un bon moment immobiles, à se demander si c'était vrai, comme les visiteurs qu'Adil bey avait renvoyés le matin, puis se traînèrent le long du trottoir.

Etait-ce de pain que l'on manquait, ou de pommes de terre ? Malgré l'écriteau, Sonia entrait dans le magasin en même temps que la fenêtre du premier s'ouvrait. La jeune femme en jaune était habillée. Elle était toujours en jaune, mais cette fois on sentait qu'elle portait du linge et elle était coiffée, avait du rouge aux lèvres, les cils faits. A la lumière, elle achevait de se polir les ongles quand elle se tourna vers la porte, suivit des yeux quelqu'un qu'Adil bey ne vit pas tout de suite. Elle parlait. Il voyait ses lèvres remuer. Il entendit le bruit d'objets qu'on déplaçait. Puis, l'espace d'une seconde, il aperçut Sonia traversant un endroit découvert au fond de la pièce.

Ce fut tout. Une minute plus tard, Sonia, serrée dans sa robe noire, les épaules droites, les hanches étroites, marchait à pas pressés dans la rue.

Qu'est-ce qu'Adil bey pouvait faire d'autre ? Il ouvrait ses malles, maladroitement, et cherchait de la place pour son linge et pour tout ce qu'il avait apporté. En somme, c'était encore le consul d'Italie qu'il détestait le plus et il ne l'imaginait pas autre-

ment que vautré dans son fauteuil, symbole de bien-
être et de quiétude, bougeant un peu, frémissant plutôt avant de distiller des phrases venimeuses.

Mais Mme Amar valait-elle mieux que lui ?

Il avait à peine pensé à elle qu'il entendait des pas
dans le bureau. Une pile de chemises à la main, il
ouvrit la porte.

La Persane était là, souriante, en femme qui fait à
quelqu'un une délicieuse surprise. Elle lui tendait la
main d'un grand geste gamin. Elle disait :

— Bonjour, vous !

Il posa ses chemises sur une chaise et s'avança
lourdement.

— Vous savez que vous êtes un type épatant, Adil
bey ? C'est la première fois qu'on dit leur fait à ces
gens-là, mais cela a été fait avec une maîtrise folle !

— Veuillez vous asseoir.

Il ne savait que dire. Elle ne s'asseyait pas. Elle
était sous pression, allant et venant, prenant un objet
pour le poser ailleurs.

— Elle, surtout, est insupportable, avec ses airs de
grande dame ! Et vous n'avez pas encore vu leur fille,
qui, à dix ans, est déjà son portrait.

Elle parut seulement s'apercevoir du vide des
pièces.

— Vous avez fermé le consulat ? Pour ce que l'on
y fait, il vaudrait mieux le fermer tous les jours. C'est
ce que je dis sans cesse à Amar. Vous prenez un mal
de chien, par exemple, pour obtenir un visa à un res-
sortissant. Vous croyez avoir abouti et, au dernier
moment, il manque une signature de Moscou ou
quelque chose dans ce genre et tout est à recommencer.

Son regard tomba sur la fenêtre d'en face et elle s'écria :

— Tiens, Nadia qui se fait une beauté !

— Vous la connaissez ?

— C'est la femme du chef du Guépéou maritime, presque une compatriote, car elle est de la frontière et sa mère était persane. Au début, j'avais fait sa connaissance et je l'avais invitée à prendre le thé. Elle avait accepté. Puis elle a téléphoné pour remettre sa visite. Elle a téléphoné deux fois, trois fois. Maintenant, quand elle me rencontre dans la rue, elle se contente d'un petit signe de tête. Vous comprenez ?

— Non.

— Nous sommes étrangers. C'est compromettant pour elle de nous parler. Il est vrai que vous êtes nouveau. Vous verrez !...

Elle ne tenait pas en place, soulignait toutes ses phrases de grimaces, de sourires.

— Dès maintenant, vous n'avez plus que nous à qui parler. Puisque vous vous êtes courageusement fermé la porte des Italiens... Vous le regrettez ?

— Pas du tout.

Seulement, il avait peur d'elle. Elle déplaçait trop d'air. Elle s'agitait, elle parlait. Et par surcroît il n'aimait pas cette façon insistante qu'elle avait de le regarder !

— Savez-vous pourquoi je suis venue de si bonne heure ?

— Non.

— Vous êtes adorable de muflerie. Eh bien ! je suis venue vous aider à vous installer. Je sais ce que c'est qu'un célibataire. La preuve : ces chemises sur une chaise de bureau...

Elle les prit d'autorité et pénétra dans la chambre.

— Cela ne vaut pas la maison des Pendelli, n'est-ce pas ? Ils ont fait installer deux salles de bains. Pourquoi pas trois ?

Elle retira son chapeau et, comme elle portait une robe sans manches, tandis qu'elle levait les bras, elle découvrit largement les aisselles.

— Si vous voulez m'en croire, la première chose que vous ferez c'est placer des rideaux. Surtout avec les gens d'en face !

Adil bey se tourna vers la fenêtre. La jeune femme en jaune se manucurait toujours. Comme Mme Amar lui adressait un grand salut, elle esquissa un signe de tête si léger qu'on pouvait se demander s'il était volontaire.

Quelques instants plus tard, quand Adil bey se retourna à nouveau, la fenêtre était fermée.

— Vous avez de jolies chemises. Elles viennent d'Istambul ?

— Je les ai achetées à Vienne.

On marchait à côté. Adil bey ouvrit la porte et vit Sonia chargée de paquets.

— J'ai pris de l'alcool pour le réchaud, dit-elle.

Au même moment, elle respira le parfum de la Persane, regarda autour d'elle en fronçant les sourcils tandis que le consul rougissait.

Sonia devait traverser la chambre pour gagner la cuisine, qui était tout au fond de l'appartement. Elle vit Mme Amar penchée sur les malles ouvertes. Peu après, on l'entendait remuer des plats et des assiettes.

— Vous êtes déjà si familiers tous les deux ?

— Les domestiques sont partis et elle m'a proposé...

34

Mme Amar le saisit par la manche et l'entraîna sans bruit dans le bureau, referma la porte.

— Savez-vous qui elle est ? souffla-t-elle à son oreille.

Et, montrant la maison d'en face :

— C'est la sœur de Koline, le chef du Guépéou maritime. Et maintenant, savez-vous de quoi est mort votre prédécesseur ? Personne ne le sait. Il est mort en quelques heures, et pourtant il n'avait jamais été malade.

Il devait être devenu bien pâle, car elle rit, lui mit amicalement les deux mains sur les épaules.

— Vous vous habituerez, vous verrez ! Mais il faut faire attention à tout ce qu'on dit, à tout ce qu'on fait.

Une sonnerie qu'Adil bey ne connaissait pas encore retentit dans l'appartement. Une porte s'ouvrit. Sonia voulut saisir le récepteur du téléphone.

— Prenez la communication, dit Mme Amar au consul.

Il décrocha, essaya en vain de comprendre. Les deux femmes étaient debout près de lui.

— On parle russe, soupira-t-il en tendant le cornet devant lui.

Mme Amar fut la plus preste. Elle dit quelques mots en russe, tandis que Sonia reculait d'un pas.

— On vous donne la communication avec le consulat de Tiflis. Voilà ! Maintenant, c'est du turc...

Adil bey reprit le récepteur, s'écria dans sa langue, avec une joie enfantine :

— Allô !... J'écoute... C'est le consul de Turquie ?...

Il entendait mal. La voix était lointaine, hachée par un bruit de friture. Enfin, il saisit :

— Allô... On vous avise à toutes fins utiles que Fikret effendi a été arrêté à son arrivée à Tiflis...

— Allô !... Que dites-vous ?... Je voudrais savoir...

Mais on avait déjà raccroché et c'était à nouveau en russe qu'on parlait sur la ligne.

Adil bey se tourna, hésitant, vers les deux femmes. Sonia le regardait avec indifférence, comme une secrétaire qui attend des ordres. La Persane, elle, en donnait, par son regard insistant qui semblait dire :

— Souvenez-vous de ce que je vous ai dit : faites-la sortir !

— Vous pouvez aller, soupira Adil bey. Ce n'est rien.

— Vous mangerez des œufs ?

— Si vous voulez.

Ils attendirent que la porte de la cuisine fût refermée.

— Je n'y comprends rien, soupira-t-il alors. C'est Tiflis qui m'annonce que Fikret a été arrêté.

Elle fit claquer ses doigts rageusement.

— J'ai demandé des détails, mais il n'y avait déjà plus personne au bout du fil. Qu'est-ce que je peux faire ?

Elle était plus émue que lui. Elle commença par décrocher le récepteur puis, au moment de parler, elle changea d'avis et le raccrocha.

— Vous ne croyez pas qu'une démarche officielle auprès des autorités...

— Il n'y a aucune démarche à faire, dit-elle sèchement.

Elle ne s'occupait plus de lui. Elle réfléchissait, les traits durcis, et cela suffisait à la rendre presque laide.

— Vous ne savez pas si on a saisi ses bagages ?

— Ils ne m'ont rien dit. Ils ne m'ont même pas écouté.

— Parbleu !

— Pourquoi parbleu ?

— Pour rien. Quand je pense que nous lui avons confié trois magnifiques samovars en argent !

Adil bey comprenait de moins en moins.

— Ne me regardez pas comme ça ! s'impatienta-t-elle. Trois samovars, oui ! On en trouve encore, bien cachés chez les paysans, et on peut les avoir pour une pièce de pain, c'est le cas de le dire, puisqu'on paie en farine. Cet imbécile de Fikret se faisait fort de les porter en Perse. Il faut que je prévienne mon mari.

Elle chercha son chapeau autour d'elle, se souvint qu'il était resté dans la chambre et là elle aperçut les valises qu'elle avait commencé à défaire. Aussitôt elle changea d'attitude, parut oublier ses soucis, tendit les deux mains et garda celles d'Adil bey dans les siennes.

— Vous ne m'en voulez pas ?

— Pourquoi ?

— Parce que je vous quitte ainsi. Je suis sûre que nous deviendrons de bons, de très bons amis...

Ses mains nerveuses serraient toujours les mains de l'homme et la pression devenait plus insistante.

— Vous le voulez ?

Il dit oui, parce qu'il ne pouvait pas dire autre

chose, et au même instant les lèvres de la Persane frôlèrent ses lèvres.

— Chut !... Ne me reconduisez pas...

Il entra dans la cuisine, tête basse, et entendit le grésillement des œufs dans la poêle. Sonia était chapeautée, son sac à la main.

— Vous trouverez tout ce qu'il vous faut dans l'armoire. Mais il n'y a plus ni nappes, ni serviettes, ni draps de lit dans la maison.

— Il y en avait auparavant ?

— Certainement.

— A qui appartenaient-ils ?

— Je ne sais pas. Vous pourrez en acheter à Torgsin. Je vais déjeuner. A quelle heure dois-je revenir ?

Est-ce qu'il savait ?

— A quelle heure revenez-vous d'habitude ?

— A trois heures.

Il ne la regardait pas en face, mais lui lançait des coups d'œil obliques.

— Quel âge avez-vous ?

— Vingt ans.

— Vous êtes du pays ?

— De Moscou.

— Où avez-vous appris le turc ?

Avec la même simplicité, elle répondit :

— Avant la révolution, mon père était concierge à l'ambassade de Turquie. Vos œufs vont brûler. Il est temps que je m'en aille.

Ce déjeuner-là lui rappela la guerre, mais sans l'atmosphère de la guerre. Il s'assit tout seul devant une petite table de bois blanc, mangea les œufs dans

la poêle, ouvrit une boîte de thon et but une bouteille de bière.

Il n'avait pas faim. Il mangeait pour manger et,
comme son regard devait bien se poser quelque part,
il fixait la fenêtre d'en face qui ne s'ouvrit pas. Tout
au plus devinait-il une ombre, peut-être deux, qui
évoluaient derrière les rideaux de mousseline.

La rue était déserte. Il faisait chaud. Adil bey avait
envie de dormir, ou de faire n'importe quoi, mais rien
de précis, pas même de débarrasser la table à laquelle
il resta accoudé, la tête entre les mains.

3

Adil bey et Sonia se faufilèrent parmi les douzaines d'hommes qui campaient le long de l'escalier, traversèrent des pièces si pleines d'humanité que cela formait une matière anonyme et, au bout d'un corridor, poussèrent une porte.

C'était la troisième fois qu'ils venaient ensemble au département des étrangers. Comme les deux autres fois, le consul portait la serviette de cuir noir que sa secrétaire lui prit au moment de travailler.

Adil bey avait déjà ses habitudes. Il tendit la main à l'homme en chemise russe, au crâne rasé, qui était assis à une table chargée de dossiers, puis il s'inclina dans la direction d'une femme qui occupait un autre bureau.

Il faisait très clair, très chaud. Sur les murs blanchis, couraient des rayonnages de sapin. Sonia, assise au bout de la table, ouvrait la serviette posée devant elle.

L'ambiance était simple et cordiale. Adil bey était assis sur une chaise à fond de paille, près de la fenêtre.

— Demandez-lui d'abord des nouvelles de l'Arménien dont je lui ai remis le dossier à notre première visite.

Le chef du service des étrangers ne parlait ni le turc, ni le français. Il avait une quarantaine d'années et son crâne nu, sa chemise à la Tolstoï lui donnaient un aspect ascétique qu'accentuaient un sourire très doux, très fin, et le calme regard de ses yeux bleus.

Quand Adil bey parlait, il le regardait en souriant, avec l'air d'approuver, bien qu'il ne comprît pas.

Sonia répéta la phrase en russe. L'homme but une gorgée de thé dont il avait toujours un plein verre à portée de la main, puis prononça quatre ou cinq mots.

— On attend des ordres de Moscou, traduisit Sonia.

— Il y a quinze jours que ces ordres doivent arriver télégraphiquement !

Sonia, sans rien dire, fit mine qu'elle n'y pouvait rien, qu'il fallait attendre.

— Et la femme à qui on a confisqué les meubles ?

Tant qu'on ne parlait pas en russe, le fonctionnaire regardait tantôt Adil bey, tantôt les dossiers que la secrétaire avait apportés et son visage exprimait une patience infinie, une bonne volonté sans borne.

— Il vaudrait mieux lui remettre d'abord des nouvelles affaires, conseilla Sonia.

— Eh bien ! demandez-lui donc pourquoi on a arrêté avant-hier ce pauvre type qui sortait du consulat.

Et Adil bey observa avec plus d'attention que d'habitude, comme s'il eût été capable de deviner si, oui ou non, elle traduisait exactement ce qu'il disait.

— Que répond-il ?

— Qu'il n'a jamais entendu parler de cela.

— D'autres ont dû en entendre parler. Qu'il se renseigne.

Adil bey devenait hargneux. Des matinées entières, assis devant son bureau, en face de Sonia qui prenait des notes il avait épié ses visiteurs tout en écoutant les doléances monotones de celui qui parlait.

Ces gens-là, c'étaient bien les mêmes qui, près du port au poisson, grouillaient dans la poussière. C'étaient les mêmes aussi qu'on voyait, sur le bateau d'Odessa, entassés à même le pont, la tête sur leur paquet de hardes, ou encore vivant des jours et des nuits sur le quai de la gare en attendant une place dans un train.

— Des *koulaks,* disait Sonia avec une froide indifférence.

Des paysans ! Ils venaient de loin, parfois du Turkestan, parce qu'on leur avait dit qu'à Batum, ils auraient du travail et du pain. Ils erraient dans les rues pendant quelques jours puis un autre *koulak* leur disait qu'au consulat de Turquie on les aiderait.

— Tu es sujet turc ?

— Je ne sais pas.

Beaucoup avaient été turcs, avant la guerre, puis ils étaient devenus russes à leur insu.

— Que veux-tu ?

— Je ne sais pas. On ne nous donne ni travail, ni pain.

— Tu aimerais rentrer en Turquie ?

— Est-ce qu'on y mange ?

Certains avaient perdu un enfant ou deux en route et ils demandaient au consul de se renseigner. Ou encore, dans une gare, un fonctionnaire leur avait pris tout ce qu'ils avaient et les avait mis en prison pour quelques jours.

Ils ne savaient pas pourquoi. Ils ne le demandaient même pas. Mais ils réclamaient leurs hardes, avec une douce obstination.

Pour ceux qui étaient vraiment de nationalité turque, Adil bey constituait un dossier qu'il venait, avec Sonia, présenter au bureau des étrangers et toujours il était accueilli avec le même sourire par le fonctionnaire à la chemise brodée.

— Que dit-il ?

L'homme parlait posément, en regardant ses mains aux ongles sales.

L'avant-veille, un couple de paysans était sorti du consulat quand, quelques instants plus tard, la femme était revenue seule, affolée, en expliquant qu'au coin de la rue des agents en casquette verte avaient emmené son mari et lui avaient donné des coups, à elle, pour l'empêcher de le suivre.

— Il dit, récita Sonia, qu'il fera son possible pour vous donner une réponse à votre prochaine visite.

— Mais cette femme ne possède pas un rouble ! Son mari avait en poche toute la fortune du ménage.

— Comment avaient-ils gagné cette fortune ?

— Il ne s'agit pas d'une grosse somme. La femme est sans ressource.

— Qu'elle travaille !

— On ne veut pas d'elle. Elle passe ses nuits sur un seuil.

Le fonctionnaire fit un geste vague, dit quelques mots.

— Qu'est-ce qu'il répond ?

Et Sonia, indifférente :

— Que ce n'est pas son service. Qu'il transmettra une note.

— Il peut téléphoner au Guépéou.

L'appareil était sur le bureau même.

— Le téléphone ne marche pas.

L'homme buvait une gorgée de thé.

Adil bey faillit se lever et partir. Le soleil lui cuisait le dos. Tout dans le bureau était immobile, d'une immobilité volontaire qui vous écrasait les épaules.

Cela durait depuis trois semaines. Il avait apporté cinquante dossiers pour le moins et le résultat était le même que s'il les eût brûlés. On les prenait en souriant. On répondait quelques jours plus tard :

— Nous attendons des ordres de Moscou.

Quelqu'un entra dans le bureau et le fonctionnaire renversé sur sa chaise ébaucha un lent dialogue. Sonia ne s'impatientait pas. Elle était toujours la même, ici ou au consulat, toujours en robe noire, avec son petit chapeau, ses cheveux blonds, son air sage.

A l'autre table, l'employée faisait des comptes à l'aide d'un boulier en s'interrompant de temps à autre pour boire une gorgée de thé, elle aussi.

Le visiteur partit. Sonia tendit ses dossiers l'un après l'autre, avec une phrase pour chacun.

— Vous n'oubliez pas de dire que c'est urgent ? soupira Adil bey sans espoir.

— Je l'ai dit. Le camarade directeur affirme que cela ira vite.

— Il ne m'a pas encore trouvé de domestique ?

Car Adil bey n'avait personne pour faire son ménage.

— Qu'est-ce qu'il répond ?

— Qu'il cherche toujours.

— Mais enfin, je rencontre sans cesse dans la rue des gens qui mendient !

— C'est qu'ils ne veulent pas travailler.

— Si on leur disait que je suis prêt à payer un bon prix ?

— On a dû le leur dire.

— Mais traduisez...

Elle le fit à regret et l'homme haussa les épaules d'un air d'impuissance.

— C'est inadmissible que dans une ville de trente mille habitants on ne puisse trouver quelqu'un pour tenir mon ménage !

— On trouvera certainement.

— Demandez aussi pourquoi le phonographe que j'ai commandé à Istambul est arrivé, mais sans ses disques.

Le directeur dut comprendre le mot phonographe car il répondit aussitôt en trois ou quatre mots.

— Qu'est-ce qu'il dit ?

— Qu'il a fallu les envoyer à Moscou, parce qu'il y avait des disques espagnols.

— Et alors ?

— Personne, dans les services de Batum, ne parle cette langue.

Adil bey se leva, les dents serrées, et dut faire un effort pour tendre la main à son interlocuteur.

— Venez ! dit-il à sa secrétaire.

Il fallut, dans les couloirs, enjamber des gens qui dormaient en attendant leur tour d'être reçus dans un bureau quelconque. C'étaient, par terre, des tas de haillons indistincts et il n'y avait même pas un grognement quand on heurtait le tas du pied.

Dans la rue, ils marchèrent côte à côte, mais Adil

bey oublia de porter la serviette. C'était l'heure pénible. La chaleur stagnait entre les montagnes et aucune brise ne venait de la mer Noire.

Devant le consulat d'Italie stationnait une jolie voiture qui appartenait au consul et elle attirait d'autant plus le regard qu'il n'y avait que trois autos dans la ville. Au premier, dans l'ombre de la terrasse, Mme Pendelli, en peignoir du matin, servait d'institutrice à sa fille. On apercevait les cahiers blancs, l'encrier et des citronnades glacées sur la table de rotin.

— Vous croyez que les Italiens obtiennent davantage que moi ? demanda Adil bey d'une voix soupçonneuse.

— Il n'y a pas de raison.

C'était toujours la même chose : des réponses d'une logique rigoureuse, mais qui ne répondaient à rien !

Il y avait peu de gens dans les rues, pas de boutiques, pas de ce trafic qui fait qu'une ville est une ville.

Autrefois, ces ruelles devaient grouiller comme Istambul, comme Samsoun ou Trébizonde, comme toutes les cités orientales. On voyait encore des échoppes, mais elles étaient vides, volets clos ou vitres brisées. On lisait des écriteaux à demi effacés, non seulement en russe mais en arménien, en turc, en géorgien et en hébreu.

Où étaient les broches à moutons qui tournaient en grésillant à la porte des restaurants ? Et les enclumes des forgerons, les comptoirs des trafiquants de monnaies ?

Et eux-mêmes, ces gens aux costumes divers qui,

autrefois, devaient arrêter les passants en offrant leurs marchandises ?

Des ombres se glissaient, lentes et résignées dans le soleil, ou bien on devinait des formes étendues sous les porches.

Batum, ce n'était plus que le port, quelques bateaux étrangers groupés autour des pipe-lines qui, là-bas, près de la montagne, apportaient, à travers le Caucase, le pétrole de Bakou. Et aussi la statue de Lénine qui, bien que grandeur nature, avait l'air d'un tout petit bonhomme. Et encore la grande maison des syndicats et des clubs.

Sonia marchait sans mot dire, sans regarder autour d'elle. Elle ne s'impatienta pas quand Adil bey s'arrêta près d'une vieille femme qui, assise au bord du trottoir, fouillait dans un seau à ordures et mangeait ce qu'elle y trouvait. Elle avait les jambes enflées, de grosses joues molles et blanches.

— On ne lui donne pas à manger ? demanda le consul qui était irrité contre sa secrétaire.

— Tous ceux qui travaillent ont de quoi se nourrir.

— Dans ce cas, comment expliquez-vous...

— Or, il y a du travail pour tout le monde, poursuivit-elle, impassible.

— Et si elle est incapable de travailler ?

— Il existe des hospices spéciaux.

Elle récitait ces phrases d'une voix égale. C'était invariable. Quand Adil bey posait une question, il y avait une réponse toute prête, mais ces réponses étaient si vides qu'il avait l'impression d'errer dans un monde sans consistance.

— Que voulez-vous à dîner, Adil bey ?

Ils étaient presque arrivés au consulat. Faute de domestique, Sonia avait pris l'habitude d'acheter, chaque jour, la nourriture du consul.

— Tout ce qu'il vous plaira. Par exemple, vous direz au docteur de venir me voir.

— Vous êtes malade ?

Il voulut répondre comme elle.

— Si j'appelle le docteur, c'est vraisemblablement que je ne suis pas bien portant.

Et il pénétra sous la voûte. Il n'était peut-être pas malade. Il ne se sentait pas bien non plus. Il est vrai qu'il lui suffisait de pousser la porte de son appartement pour être pris de dégoût. L'antichambre et le bureau puaient. Deux fois, de bonne heure, il s'était mis lui-même à nettoyer le parquet à grande eau mais, quand il avait voulu remplir un troisième seau au robinet commun qui se trouvait sur le palier, des gens l'en avaient empêché en lui disant quelque chose en russe.

Car il y avait toujours du monde au robinet. Les locataires ne se lavaient pas chez eux, mais dans le corridor, et ils étaient en nombre incroyable. Certaines pièces devaient être occupées par dix personnes.

Adil bey entra dans sa chambre, regarda en face, par habitude. La fenêtre était ouverte. Koline, qui venait de rentrer, avait jeté sa casquette verte sur le lit et mangeait, en tête à tête avec sa femme. Sur la table, il y avait des tranches de pain noir, des pommes, du thé et du sucre.

— Pourvu que ce soit le même docteur, souhaita Adil bey.

Il voulait voir le médecin qui avait soigné son prédécesseur. Il manquait d'appétit. Les conserves qu'il avalait, tout seul dans la cuisine, lui donnaient des brûlures d'estomac. D'autre part, si Sonia lui préparait ses repas, elle ne lavait jamais les tasses, ni les assiettes, pas plus qu'elle ne rangeait la chambre à coucher.

Elle revenait déjà, des petits paquets à la main. Elle dut voir son frère et sa belle-sœur qui déjeunaient, et le pain noir, les trois pommes, le thé. Elle ouvrit une boîte de langouste, posa sur une assiette des harengs saurs et du fromage sur une autre.

Est-ce que cela ne lui faisait rien ? N'enviait-elle pas Adil bey qui allait s'attabler, tout seul, devant ces victuailles ? Il n'avait même pas faim ! Il la regardait aller et venir. Il s'était déjà demandé si, en son absence, elle ne rendait pas visite au buffet. Cela lui était égal, d'ailleurs. Mais non ! Elle laissait plutôt les vivres se gâter. Des choses pourrissaient, qu'on jetait ensuite et que des vieilles femmes devaient dévorer dans la poubelle.

— Le docteur viendra ?

— Dans quelques minutes.

Que pensait-elle de lui ? De temps en temps, il surprenait son regard posé sur lui, mais c'était le même regard neutre qu'elle accordait à toutes choses.

— Vous pouvez aller déjeuner.

Il savait qu'il la verrait entrer dans la chambre, de l'autre côté de la rue, retirer son chapeau et s'asseoir le dos à la fenêtre. C'était sa place.

Parlait-elle de lui ? Racontait-elle ce qu'il avait dit, ce qu'il avait fait ? Les deux autres, en tout cas, ne paraissaient pas suivre une conversation passionnante. Ils mangeaient lentement, bouchée par bouchée.

50

Koline mettait le sucre dans sa bouche avant de boire le thé brûlant. Ensuite, il s'accoudait à la fenêtre pendant un quart d'heure et les manches de sa chemise faisaient une tache éclatante dans le soleil qui, vers une heure, gagnait son pâté de maisons.

Avait-il d'autres distractions ? Le soir, parfois, il sortait avec sa femme, qui portait toujours la même robe jaune, comme Sonia portait toujours sa robe noire. Mais, dès minuit, ils étaient à la fenêtre, à prendre le frais sans parler. Ils n'allumaient pas la lampe pour se déshabiller.

Etait-ce à cause de la jeune fille qui était déjà couchée ? Car elle se couchait tôt, dans l'obscurité, elle aussi. Le matin, quand les fenêtres s'ouvraient, elle était déjà prête, le chapeau sur la tête, son lit fait. Il n'y avait que sa belle-sœur à traîner en négligé dans la chambre et même parfois à se recoucher pour lire au lit pendant une partie de la matinée.

— Entrez !

C'était le docteur. Il posa sa trousse et sa casquette sur la table, se tourna vers Adil bey d'un air interrogateur.

— Vous parlez le français ?

— Un peu.

— Je ne me sens pas bien. J'ai des nausées, pas d'appétit, pas de sommeil.

Il disait cela d'un ton bourru, comme s'il eût rendu le médecin responsable.

— Déshabillez-vous.

C'était raté, dès le début. Adil bey avait espéré bavarder, se rassurer, obtenir des renseignements et, sans raison, ils se parlaient déjà comme des adversaires.

A cause de la fenêtre, il gagna le fond plus obs-
cur de la chambre et retira son veston.

— La chemise aussi.

Le docteur regardait avec indifférence la chair crue,
le torse déjà un peu gras, les épaules tombantes.

— Vous n'avez jamais été malade ?

— Jamais.

— Respirez... Toussez... Respirez...

Adil bey voyait toujours le dos de Sonia, le profil
de son frère, les lourds cheveux noirs de la Géorgienne.

— Asseyez-vous.

C'était pour observer les réflexes des genoux. Puis
le docteur prit la tension artérielle, tandis qu'Adil bey
sentait son bras se gonfler dans l'appareil.

— De quoi mon collègue est-il mort ? demanda-
t-il d'une voix aussi naturelle que possible.

— J'ai oublié. Il faudrait que je consulte mes
fiches.

Et le docteur le regardait en se demandant ce qu'il
allait examiner encore.

— Couchez-vous.

Il ausculta la rate, le foie. C'était tout. Il remit de
l'ordre dans sa trousse.

— Eh bien ?

— Vous êtes nerveux, déprimé. Prenez donc un
peu de bromure avant de vous coucher.

— Où puis-je en avoir ?

— Il vaut mieux écrire à Moscou. Nourriture
légère.

— Qu'est-ce qui ne va pas ?

— Rien... Et un peu tout...

Il s'en allait, indifférent à Adil bey qui le poursuivait, torse nu, les bretelles sur les cuisses.

— Vous croyez que c'est grave ?

— On ne peut jamais savoir. Pour le bromure, puisque vous êtes étranger, cela irait peut-être plus vite de le faire venir par un bateau. Chez nous, les médicaments sont rares.

Adil bey aurait voulu lui demander s'il n'avait rien au cœur, mais il était trop tard. Le docteur était sur le palier. La sonnerie du téléphone retentissait et il sembla au consul que le dos de Sonia, de l'autre côté de la rue, avait un frémissement.

— Allô, oui, c'est moi !

C'était Mme Amar, qui téléphonait presque chaque jour mais qu'Adil bey n'avait rencontrée qu'une fois, sur la plage, alors qu'elle se dirigeait vers le bain des dames.

Avant de venir en Russie, il savait qu'on s'y baignait nu et il avait imaginé un tumulte de corps bronzés dans le soleil et dans l'éblouissement des vagues.

Or, sur l'immense plage de galets, il y avait deux enclos en fils de fer barbelés, qui faisaient penser à des camps de concentration. On donnait vingt-cinq kopeks pour entrer, les hommes dans un camp, les femmes dans l'autre.

— Je vous y prends à rôder par ici ! avait dit Nejla Amar de sa voix trop vibrante.

Et, à vrai dire, il avait fait le tour des barbelés, un peu plus tard, l'air faussement préoccupé, en essayant de l'apercevoir. Maintenant, au téléphone, elle minaudait :

— Devinez quelle bonne nouvelle je vous apporte ?

— Je ne sais pas.

— Devinez !

— Mon gouvernement me rappelle à Ankara ?

— Méchant ! Amar est parti ce matin pour Téhéran et ne reviendra pas avant dix jours.

— Ah !

— C'est tout l'effet que cela vous fait ?

— Je ne savais pas.

Il avait toujours le torse nu.

— Puisqu'il en est ainsi, je n'irai pas prendre le thé avec vous comme j'en avais l'intention.

— Mais si !

— Vous croyez ? Moi, je n'en suis pas si sûre. Surtout si je risque de rencontrer votre ange gardien !

— Je vous promets...

— Vous promettez de l'écarter ? Dans ce cas, peut-être !

Il y eut un bruit désagréable qui devait être un baiser. Koline, en face, était à sa fenêtre et la fumée de sa cigarette montait droit dans l'air immobile.

Quand, vers onze heures du soir, le chef du Guépéou maritime, c'est-à-dire de la police du port, ouvrit sa fenêtre, en rentrant du club, la fenêtre du consulat était ouverte, elle aussi, et une forme claire y était accoudée.

Koline replongea un instant dans l'obscurité de la chambre pour retirer ses chaussures et mettre ses pantoufles, et aussi pour prendre un paquet de cigarettes dans son veston.

En face, Adil bey ne bougeait pas. Il était enveloppé d'ombre et il sentait le froid de la pierre le long de ses bras, à travers le fin tissu de la chemise.

Dans la rue même, il ne passait personne, mais on

entendait des pas très loin, à plusieurs rues de distance. On devinait même, car le vent venait du nord-ouest, la musique du bar installé sur le quai pour les marins étrangers.

Koline alluma sa cigarette et Adil bey fixa la petite flamme qui dansait. Un peu plus tard, la Géorgienne vint s'accouder près de son mari et, pendant quelques instants, il y eut une conversation à peine murmurée.

Est-ce que Sonia dormait, dans son lit de fer que, sans le voir, Adil bey savait être contre le mur de droite ?

L'air était doux, sucré, sans doute d'avoir frôlé la végétation tropicale des montagnes. La femme se blottissait contre Koline et on devinait que son corps était doux aussi, tout chaud au sortir du lit où elle avait attendu.

Il y eut du bruit derrière Adil bey, qui se retourna. C'était Nejla Amar qui, avec un soupir, repoussait la couverture et changeait de posture.

L'air de la chambre était tellement imprégné de son parfum que parfois Adil bey se demandait si les gens d'en face n'en recevaient pas des bouffées. C'était un parfum violent, que la Persane avait dû choisir parce que sa chair avait un fumet fauve.

— Viens te coucher, soupira-t-elle, à demi assoupie.

Est-ce qu'ils entendaient, là-bas ? Ils étaient tout près. La rue n'était pas large. Koline avait un bras passé autour de la taille de sa femme.

Adil bey n'avait pas envie de dormir, ni même de se coucher près du corps brûlant de Nejla. Ce n'était même pas à elle qu'il pensait. Il se demandait si, derrière le couple d'en face, Sonia était endormie et si son visage restait aussi impassible dans le sommeil. Avait-elle deviné la vérité quand, l'après-midi, Adil bey lui avait dit d'aller se promener ? Peu après, elle était sortie avec un peignoir de bain sur le bras mais, au coin de la rue, elle avait rencontré Mme Amar qui arrivait.

— Viens, Adil !

— Chut !

Il ne voulait pas fermer la fenêtre, car il étouffait. Depuis qu'on avait pris sa tension, il sentait le sang battre dans ses artères et ce martèlement continu l'effrayait.

Il n'avait pas mangé. Il était malade. Il l'avait dit à Nejla, dès son arrivée, et pendant cinq minutes elle avait joué à le soigner.

Si seulement elle avait accepté de rentrer chez elle ! Sa domestique n'était-elle pas capable de tout raconter au mari, à son retour ?

— Il est jaloux ?

— Comme un tigre ! avait-elle répondu en riant.

Elle riait toujours, d'un rire nerveux, du bout des dents, et on ne savait pas si c'était de gaieté ou d'énervement, ou encore par provocation.

Pourquoi était-elle restée ? Pourquoi même était-elle venue ? Deux fois elle avait tourné le commutateur pour faire de la lumière et Adil bey avait dû lutter pour éteindre. Vraiment lutter ! Jusqu'à lui tordre le poignet !

— Tu as peur de la petite espionne ! ricanait-elle. Tu es une sale bête que j'aime !

Adil bey, qui avait horreur du tabac, avait presque envie de fumer en fixant le point rouge de la cigarette, en face de lui, parce qu'elle était comme un symbole de paix voluptueuse. Il y aurait un orage, c'était sûr, peut-être même avant la fin de la nuit, mais c'était justement sa menace qui donnait du charme à cette rêverie à la fenêtre.

Adil bey n'entendait plus la respiration régulière de Nejla. Il ne pensait plus. C'était l'état rêvé. Il venait de s'anéantir dans la nuit. Il ne regardait rien de précis.

Et voilà que quelque chose entourait son cou, le frôlait des pieds à la tête.

Il sursauta, cilla trois ou quatre fois avant de reprendre son sang-froid. C'était la Persane qui était collée à lui, comme ceux d'en face, et qui lui soufflait, une cigarette entre les lèvres :

— Donne-moi du feu.

Il n'avait pas d'allumettes. Il ne savait même pas s'il voulait lui donner du feu. Les Koline ne bougeaient pas. On ne voyait pas leurs yeux, mais ils devaient regarder devant eux, ils distinguaient peut-être la poitrine plus qu'à moitié nue de Nejla ! Il est vrai qu'elle avait la peau brune comme une noisette ! Sa chair était si dure qu'elle appuyait sans le déformer son sein au chambranle de la fenêtre.

— Donne-moi du feu !

Il alla prendre des allumettes sur la table. Une petite flamme dansa, comme elle avait dansé de l'autre côté de la rue. Ils s'accoudèrent, comme l'autre couple.

Le temps coula. La musique du bar s'éteignit. Il n'y eut plus de pas dans la ville.

Il y avait peut-être une heure qu'ils étaient là quand de larges gouttes de pluie traversèrent l'espace et s'écrasèrent sur le sol. Alors seulement les Koline reculèrent. Leur fenêtre se ferma. Une goutte d'eau éclata sur le bras de Nejla qui soupira :

— Cela ne t'amuse pas de penser qu'ils sont du Guépéou ?

On ne voyait plus que la fenêtre sombre, sur laquelle les rideaux dessinaient un filigrane blafard.

4

La première fois qu'il l'aperçut, suivant le courant nonchalant de la foule, Sonia marchait au bras de deux amies, l'une en blanc, l'autre en bleu clair, les jambes nues, les cheveux libres. Peut-être Sonia les prévint-elle d'une pression des doigts car, à dix mètres déjà, elles le regardaient, non pas en riant comme le faisaient souvent les autres, mais avec une curiosité grave.

Adil bey passa et n'osa pas se retourner. La pluie venait à peine de cesser, juste pour le coucher du soleil qui mordorait les flaques d'eau. Tout le monde était dehors comme chaque soir, à marcher dans les deux sens le long du quai, si bien qu'au bout de quelques minutes on revoyait les mêmes visages. Le jeune homme à la bicyclette était là aussi, à se glisser entre les groupes avec la même jeune fille sur le cadre de sa machine.

Quand il revit de loin Sonia et ses compagnes, Adil bey se demanda si elles parlaient de lui. Il n'était pas encore arrivé à leur hauteur qu'un jeune homme en chemise ouverte s'approchait d'elles et leur serrait la main.

Tous quatre formèrent ainsi un îlot dans la foule qui s'écoulait. Adil bey ne pouvait s'arrêter. Il passa. De loin, il revit l'îlot à la même place. Le jeune homme riait. Il s'adressait à Sonia plutôt qu'aux deux autres.

La veille, Adil bey ne s'en serait peut-être pas préoccupé, mais il s'était passé quelque chose, le matin même, quelque chose d'insignifiant qui, pourtant, laissait des traces.

Quand, vers huit heures, Nejla Amar avait ouvert les yeux sur la fenêtre ruisselante de pluie, elle s'était contentée de soupirer :

— Fais-moi du café.

Adil bey, impatient, en avait préparé. Guettant sa montre, il avait espéré jusqu'au bout.

En vain ! A neuf heures, Sonia était arrivée, et la Persane était toujours là, disposée à se rendormir. La secrétaire, comme d'habitude, apportait des victuailles qu'elle voulut déposer dans la cuisine.

Il fallut qu'Adil bey, le regard fuyant, lui barrât le passage.

— Donnez ! Je vais les porter moi-même.

Toute la matinée avait été ainsi marquée du signe de la gaucherie et de la gêne. Pendant qu'il écoutait ses visiteurs, il tendait l'oreille aux bruits de la chambre, trouvait des prétextes pour s'y rendre.

— Tu n'as rien à lire ?

Nejla restait au lit, chaude et paresseuse. Elle ne parlait pas de s'en aller. Dans le bureau, un étrange petit homme barbu, crasseux, couvert de cicatrices, racontait patiemment son histoire que Sonia était seule à suivre avec attention.

C'était un Turc, un vrai, né à Scutari. Fait prisonnier par les Russes pendant la guerre, il avait été emmené en Sibérie et là, comme les autres, mêlé aux paysans, il avait travaillé dans la steppe. Il s'y était marié. Il avait une fille de dix-sept ans. Et voilà que soudain, après si longtemps, il s'était mis en marche, sans argent, sans papiers. Il était debout en face d'Adil bey et il répétait obstinément :

— Je veux rentrer chez moi. Je veux revoir ma première femme et mes autres enfants.

Il n'en démordait pas. Il se fâchait quand on lui disait que ce serait long, sinon impossible. Ce fut Sonia qui, avec impatience, parvint à le conduire dehors.

L'ondée continuait. C'était, comme toujours à Batum, une suite de précipitations tropicales, de véritables nappes d'eau qui s'abattaient sur la ville et rendaient les rues impraticables.

— Il faut que vous partiez, disait néanmoins Adil bey à Nejla.

C'était une idée fixe. L'angoisse le prenait rien que de la savoir dans son lit.

— Ecoutez ! Je vais envoyer ma secrétaire en ville et, pendant ce temps-là...

Il était midi quand il dit à Sonia :

— Vous porterez cette lettre à la poste.

Elle le regarda, se leva sans mot dire, mit son petit chapeau, glissa la lettre dans son sac. Quand elle revint, un quart d'heure plus tard, Adil bey sortait de la chambre à coucher et la vit toute mouillée, la robe collée au corps comme les plumes d'un oiseau, les cheveux raides.

Elle le regarda encore, sans rancune. Et au même instant, alors qu'il cherchait quelque chose à lui dire, la porte s'ouvrit et Mme Amar se montra, décoiffée, demandant :

— Où est le peigne, Adil ?

Ne le faisait-elle pas exprès ? Sonia n'avait même pas souri ! Elle s'était assise à sa place et elle avait repris son travail.

C'était tout. Maintenant, après une volte-face près du Lénine à la mappemonde, Adil bey cherchait le groupe des yeux. Il n'était plus au même endroit. Plus loin, par contre, il vit avec deux jeunes gens les compagnes de Sonia.

Le soleil s'éteignait dans les flaques d'eau et sur l'immense flaque d'eau de la mer. Le jazz commençait, au bar des étrangers où Adil bey n'avait pas encore mis les pieds.

— C'est intéressant ? avait-il demandé à sa secrétaire, qui avait répondu par une moue méprisante.

C'était la troisième fois qu'il parcourait le quai sans la voir. Par hasard, il tourna la tête vers le grand bâtiment des syndicats et des clubs et il l'aperçut, assise à une fenêtre du premier étage en face du jeune homme.

De là-haut, le couple dominait la foule et la baie. Cela se voyait aux yeux de Sonia qui, très clairs, promenaient dans l'espace un regard flou. L'homme lui parlait, un peu penché, et sans doute l'écoutait-elle, mais sans le voir, peut-être même sans entendre les mots, avec sur le visage une subtile expression de bien-être.

Des cargos, dans la rade, balançaient les longues taches rouges de leur minium. Un voilier grec était arrivé la nuit précédente et ses trois mâts se découpaient sur la verdure de la montagne.

La foule avançait en deux files avec un bruit régulier de pas traînants et Adil bey regardait les gens en dessous, très vite, comme s'ils lui eussent fait peur.

Le reste de la ville était vide. En passant, on voyait s'amorcer des rues boueuses et noires comme des égouts. L'air, qui venait du côté des raffineries, sentait le pétrole. Ces jeunes gens, ces jeunes filles, ces crânes rasés, ces chemises échancrées, tout cela, c'était le monde du pétrole. Les ouvriers qui discutaient dans une salle du rez-de-chaussée suivaient des yeux un bâton que l'orateur promenait sur un diagramme bleu et rouge : le diagramme de la production du pétrole !

Pour avoir un vélo, le grand garçon qui passait avec son amie devait être un spécialiste.

Adil bey avait essayé de manger dans leur restaurant, où Sonia l'avait envoyé avec un billet écrit en russe. C'était peint à la chaux, comme les bureaux. Les tables étaient en bois blanc. On mangeait les bras nus, les coudes sur la table, sans rien dire, avec l'air de travailler : une soupe, un peu de hachis garni de blé bouilli et une tranche de pain noir. Une jeune fille comptait au vol les plats qui passaient. Une autre piquait sur une tige de fer les tickets verts que les garçons lui remettaient en passant. Il devait y en avoir d'autres encore dans la cuisine.

Adil bey ne comprenait pas plus qu'il ne comprenait leur promenade. Cela l'eût soulagé d'apercevoir des gens jouant au tric-trac devant leur maison, ou même un vieux fumant son narghilé.

Mais des vieux, il n'y en avait guère. Ou plutôt ils ressemblaient aux clients du consulat. S'ils étaient encore dans la foule, ils n'avaient plus de contact avec elle. Ils passaient, fantômes sordides, qu'on ne semblait même pas voir et, s'il y en avait par terre, on les contournait comme des choses.

Deux fois, trois fois encore il arpenta le quai dans toute sa longueur et ce fut la nuit complète. La plupart des fenêtres étaient éclairées dans la maison des syndicats. Quelqu'un faisait des gammes au saxophone.

Sonia n'avait pas bougé. Elle était toujours dans l'ombre et le jeune homme lui parlait bas.

Adil bey le savait maintenant : dans toute la ville, dans toutes les maisons, il y avait une ou deux familles par chambre, sans compter les *koulaks* et les enfants de *koulaks* qui couchaient dehors. Le matin, on faisait queue à la porte des coopératives, jusqu'à ce qu'un écriteau annonçât qu'il n'y avait plus de pommes de terre, ou de farine, ou de féculents.

Et voilà que soudain, comme dans n'importe quelle cité, éclatait, lumineux, haut de plusieurs mètres, le mot *Bar*. La porte poussée, un valet en livrée se précipitait pour prendre les chapeaux, tandis qu'on devinait les couples dans l'entrebâillement d'une tenture.

Adil bey s'assit à la première table et regarda. Pour le tango, les lampes étaient éteintes et la lumière provenait de la grosse caisse qui contenait des lampes électriques. Cela formait une immense lune roussâtre devant laquelle passaient les couples. Adil bey avait entendu le même tango à Vienne et à Istambul, dans un éclairage assourdi, avec les mêmes silhouettes de musiciens rongées par l'ombre.

A Istambul aussi il y avait des marins étrangers, des femmes en robe de soie mal coupée, et des rires, des chuchotements, l'odeur des alcools et des parfums, des garçons en veste blanche allant de table en table.

— Qu'est-ce que vous prenez ?

On s'adressait à lui en français. On lui tendait une carte des vins ouverte à la page des champagnes. Au même moment, de la table voisine, on lui adressait des signes. C'était la table la plus bruyante. Ils étaient une demi-douzaine autour de bouteilles de champagne et de whisky. Un homme vêtu d'un complet blanc, la chemise déboutonnée, joignait la parole au geste, mais sans se lever de sa chaise qu'il semblait sur le point de renverser.

— Par ici, ami !

Adil bey se leva, hésitant. Une grosse main se tendit, serra la sienne.

— John, de la Standard. Vous, vous êtes le nouveau consul. On m'a parlé de vous chez Pendelli. Un verre, garçon !

Et, désignant les officiers avec qui il était attablé :

— Des camarades ! Ici, tout le monde est camarade. Whisky ? Champagne ?

Il était ivre. Il l'était toujours, et toujours vêtu de blanc, la chemise ouverte sur son cou puissant. Toujours aussi, il conduisait à toute allure sa voiture dans les rues, prenait ses tournants au frein, s'arrêtait pile au moment de renverser un enfant ou une vieille femme.

— Et cette canaille de Nejla ? questionna-t-il après avoir vidé son verre.

Son regard, à travers l'ivresse, examinait Adil bey. Ses traits épais étaient mous ; il avait des boursouflures sous les paupières. La plupart du temps, les prunelles luisantes d'humidité ne se fixaient nulle part, mais, quand elles accrochaient un objet, la bouche devenait plus ferme, l'attitude hautaine.

— Ça y est ? demanda-t-il.

Il haussa les épaules en voyant son interlocuteur se troubler, chercher une réponse.

— Imbécile !

— Comment ?

Mais non ! John ne lui donnait pas le temps de se fâcher. Il ne disait pas imbécile comme un autre.

— Si vous croyez que nous n'y avons pas tous passé ! Barman, vous mettrez une autre bouteille à la glace.

Les couples passaient toujours dans le halo de la batterie.

— Vous ne lui avez rien dit de compromettant, au moins ?

— Je ne comprends pas.

Un Flamand qui s'était levé revenait avec une femme qu'il installa à côté de lui. Il ne pouvait pas lui parler et pendant le reste de la soirée il se contenta de la regarder en souriant tandis que de la main il lui caressait le bras.

— Il y a longtemps que vous êtes ici ? demanda Adil bey à l'Américain.

— Quatre ans.

— Vous vous y plaisez ?

John rit, ou plutôt il souffla le trop-plein de ses

poumons, en même temps qu'une parcelle de tabac qu'il avait sur les lèvres. Mais cela lui était égal. Il ne cherchait pas à être poli, ni aimable.

— A votre santé ! En attendant qu'on en crève !

Il buvait le whisky dans un verre à bière sans qu'on mesurât les progrès de l'ivresse. A sa table, il n'y avait pas de conversation suivie. De temps en temps les officiers parlaient entre eux, ou quelqu'un se levait pour danser. John laissait peser son regard sur le consul, un regard tantôt flou et tantôt aigu.

— Déjà le cafard ?

— Non. Je suis un peu dérouté.

— Si, un jour, vous avez des ennuis, venez chez moi. Vous connaissez ? Au bout de la ville, près des pipe-lines.

— Vous permettez que je vous pose quelques questions ? Vous venez de parler de Mme Amar. Croyez-vous qu'elle soit du Guépéou ?

Cette fois, John prit un air excédé.

— Voulez-vous un bon conseil ? Ne parlez jamais de ces choses-là à qui que ce soit. Tenez ! Le garçon qui nous sert en est. Toutes les femmes qui sont ici en sont. Et le portier ! Et les domestiques !

Il ne baissait pas la voix. Les musiciens, qui étaient derrière lui, l'observaient sans broncher.

— Ne posez pas de questions du tout, comprenez-vous ? Si vos colis arrivent avec seulement la moitié de ce qu'ils devraient contenir, taisez-vous ! Si on vous vole, taisez-vous ! Si la nuit on vous attaque dans la rue pour vous prendre votre portefeuille, rentrez tranquillement chez vous ! Si quelqu'un meurt dans votre bureau, attendez qu'on vienne le prendre !

Et dites-vous bien que si votre téléphone ne marche pas, c'est qu'il ne doit pas marcher.

— On a arrêté à son arrivée à Tiflis l'employé qui faisait l'intérim avant mon arrivée.

— Qu'est-ce que cela peut vous faire ?

— Quant au consul précédent, on m'a dit...

John le fit taire en lui poussant son verre dans la main.

— Buvez ! Laissez passer les heures, puis les jours, les semaines, les mois. Peut-être qu'un jour votre gouvernement se souviendra de vous et vous enverra un remplaçant.

Il disait tout cela d'une voix hargneuse de clown.

— Ne venez pas trop ici. Parlez le moins possible aux officiers étrangers.

— Mais vous ?

— Moi, mon vieux, je suis de la Standard !

Au fond, il y avait en lui le même orgueil, tandis qu'il prononçait ces mots, que chez Pendelli lorsqu'il parlait de l'Italie.

— La nouvelle bouteille, garçon !

Et il s'adressa en anglais au commandant qui sommeillait à côté de lui.

Adil bey avait bu trois grands verres d'alcool. Les objets flottaient légèrement dans l'espace. Il regardait avec dépit l'Américain qui ne s'occupait plus de lui et il avait envie de lui faire des confidences.

Il ne savait pas au juste ce qu'il lui dirait, mais il amènerait la conversation sur sa secrétaire, que John connaissait peut-être. Il enrageait. Il se demandait si elle était toujours à la fenêtre de la maison des syndicats. Il comprenait sa moue, quand il lui avait parlé du bar où il y avait des femmes aux traits frustes de paysannes ou d'ouvrières qui dansaient, le visage maquillé, avec des gestes et des rires maladroits.

Des couples disparaissaient. Un autre menait grand tapage derrière un rideau qui protégeait un recoin des regards.

— Vous venez souvent ? demanda Adil bey au capitaine belge qui était son voisin.

— Un voyage ici, un voyage au Texas.

— Pétrole ?

— Pétrole.

— C'est plus gai, en Amérique ?

— C'est la même chose, plutôt moins gai. La *pipe* est loin de la ville et le chargement est terminé en six heures. A peine le temps d'aller au cinéma !

— Vous faites des escales ?

— Jamais.

En face, son chef mécanicien essayait de raconter une histoire à la femme, avec des mots d'allemand, des mots d'anglais et surtout des gestes. Elle riait de confiance. Il riait plus fort.

Un tout jeune officier dansait avec une assez belle femme en vert qui avait une tête de plus que lui et il sursauta quand John l'arrêta au passage par le bas de sa veste.

— Pas celle-là ! lui dit-il en italien.

— Pourquoi ?

— Je te dis de ne pas prendre celle-là !

Et John regarda ailleurs tandis qu'Adil bey murmurait timidement :

— Vous permettez que j'offre une tournée ?

— Va te coucher ! Souviens-toi de ce que je t'ai dit : j'habite près des pipe-lines. Bonsoir !

Adil bey se sentait loin de la maison des clubs,

du quai, des gens tournant autour de la statue de Lénine. Il hésitait à quitter le cercle de lumière assourdie, la musique et surtout ce bruissement fait de conversations en trois ou quatre langues, avec accompagnement du heurt familier des soucoupes et des verres.

Et pourtant, même dans cette atmosphère copiée sur tous les cabarets du monde, son malaise l'accompagnait. Il épiait les gens, officiers étrangers ou garçons, John lui-même, et les musiciens. Car il lui venait une façon de regarder ses semblables à la dérobée dont il était gêné.

Etait-ce sa faute ?

Il y avait quelques femmes dehors. Un instant il fut indécis. La musique, la chaleur du cabaret lui collaient encore au corps et il regardait vaguement le quai noir, les reflets sur l'eau plate, les barques engluées.

Un éclair rougeâtre traversa l'espace. Il resta un moment sans comprendre. On courait. Il y avait eu un bref vacarme et les femmes avaient fait deux ou trois pas en avant.

Elles n'avançaient plus. Il réalisait la scène à laquelle il venait d'assister, à laquelle il assistait, car c'était si bref qu'il n'y avait pas de passé ni de présent.

Un homme courait. Un autre avait tiré dans sa direction et celui-ci portait une casquette verte. Le premier avançait encore de quelques pas, penché en avant, s'étalait sur le sol avec un bruit mou.

Les pas du tireur résonnaient toujours. Une femme, d'un geste du bras, empêcha Adil bey d'avancer.

Et pourtant c'était à cinquante mètres à peine.

L'agent du Guépéou se courbait sur la forme étendue. Deux ombres arrivaient de quelque part et sans un mot, sans un mouvement inutile, on relevait le blessé ou le mort et on l'entraînait, debout, les jambes flasques.

— Qu'est-ce qui s'est passé ?

Les femmes ne comprenaient pas. Il avait parlé turc sans s'en rendre compte. Elles commençaient déjà à lui sourire.

C'est quand il se mit en route qu'il sentit au tremblement de ses genoux qu'il était ivre. La maison des syndicats, un peu plus loin, était fermée. En dehors du cercle de lumière du bar, les rues étaient désertes et noires. Il pataugea dans les flaques d'eau. Deux fois il sursauta parce qu'il avait cru voir des silhouettes contre les murs.

Il parcourut presque en courant les derniers dix mètres qui le séparaient de chez lui et sa main trembla tandis qu'il fouillait la serrure de sa clef.

Il y avait longtemps que le courant était coupé. Seul le cabaret devait être relié spécialement au réseau, ou bien il faisait lui-même sa lumière. Il n'avait rien à voir avec la vie de la ville. Des gens entraient et sortaient, mais c'étaient des marins arrivés de la veille ou du matin, repartant le lendemain, dont on entendait les pas lourds se perdre dans la direction des bateaux.

— Les femmes sont toutes du Guépéou, avait dit John.

Celles du dedans et celles du dehors ! Celles du dedans étaient mieux habillées. Où allaient les couples ? N'était-ce pas eux qu'Adil bey avait frôlés par deux fois en passant trop près des murs ?

Il faisait plus chaud, à cause de la buée qui, après la pluie, montait du sol. Adil bey ouvrit les fenêtres de sa chambre, retira son veston et il eut une sensation angoissante de vide.

Ce n'était pas seulement sa chambre qui était vide, mais la ville où ne subsistait que le petit point chaud et lumineux du bar.

Est-ce que tout le monde dormait ? N'y avait-il donc pas, parmi tant de gens qui erraient tout à l'heure sur les quais, des couples qui chuchotaient, un homme qui lisait avant de s'endormir, une femme soignant sous la lampe un enfant malade, n'importe quoi, un signe de vie, la palpitation d'une ville ?

L'odeur de Nejla, qui persistait dans la chambre, lui rappela John, puis la première soirée chez les Italiens et surtout les petites moustaches et les souliers vernis d'Amar qui, accoudé à la cheminée, parlait bas à Fikret avant de l'accompagner à la gare.

Les fenêtres d'en face étaient grandes ouvertes et c'était la première fois que, la nuit, elles l'étaient toutes les deux. Il y avait de la lune. Les yeux s'habituaient à sa clarté diffuse qui donnait aux taches blanches un relief étonnant.

Adil bey voyait l'oreiller de Mme Koline et le flot noir de ses cheveux défaits. Il y avait du linge clair sur la carpette.

Il lui suffisait de tourner un tout petit peu la tête, de la pencher à peine en avant pour voir le lit de fer de Sonia. C'était un rectangle blanc, tout blanc, sans une tache, sans une irrégularité.

Le lit n'était pas défait ! Sonia n'était pas rentrée ! Mme Koline remuait, dans son lit, si près qu'Adil bey entendit la plainte des ressorts.

Quelqu'un ne dormait donc pas, dans l'ombre immense de la ville, à un point quelconque de l'horizon, dans une des cases multiples que formaient les briques de toutes les maisons. Et c'était Sonia au visage grave et pâle !

5

Pourquoi, par exemple, lui avait-on coupé l'eau ? Car enfin, il avait un robinet pour lui seul, dans la cuisine. Ce robinet avait marché quelques jours, puis, d'une heure à l'autre, s'était tari.

— On a peut-être coupé la pression pour une réparation, dit d'abord Sonia. Il faut patienter.

Ensuite elle changea d'explication.

— C'est l'appareil qui doit être usé. Je demanderai au plombier de venir.

Evidemment, le plombier n'était pas venu. Il devait toujours venir, mais il ne viendrait jamais, jamais !

— Il a mal compris l'adresse, proposait Sonia.

Ou bien :

— Aujourd'hui, c'est jour de repos, il viendra demain.

Alors, en se levant, Adil bey passait un pantalon et prenait son broc. Il y avait rarement moins de six personnes au robinet du palier. L'attente était surtout longue quand des femmes se lavaient les cheveux. Il restait immobile, derrière les autres. On ne lui disait rien. On ne le regardait même pas. Or, il savait que c'étaient ces gens-là qui faisaient partie du comité de gérance de l'immeuble et qui lui avaient coupé l'eau !

Quand il rentrait avec son broc, il y avait déjà du monde devant la porte du consulat. Lui, avait les cheveux en désordre, les pieds dans des savates. Mais qu'est-ce que cela pouvait faire ?

Il ne préparait plus de thé, le matin. C'était trop long. Il faisait deux trous avec un poinçon dans une boîte de lait condensé et il le buvait tel quel.

Il en était à sa dernière chemise, qui avait encore été blanchie en Turquie. Toutes les autres étaient sales et il ne savait pas si quelqu'un accepterait de les lui laver. Les fenêtres d'en face étaient fermées. Le soleil était terni par une vapeur imperceptible, ce qui annonçait une journée étouffante et peut-être un orage comme il y en avait tous les deux jours.

Adil bey s'inonda la tête d'eau de Cologne, se peigna et endossa son veston avant d'entrer dans le bureau où il avait entendu du bruit.

Et ce fut une nouvelle journée qui commença, après d'autres, avant d'autres aussi sans doute ! Sonia était assise à sa place, tranquille, les cheveux bien tirés, le visage dispos, et elle dit comme d'habitude :

— Bonjour, Adil bey.

Le soleil atteignait le coin du bureau et il jouerait sur les papiers jusqu'à ce qu'il eût franchi la fenêtre de gauche.

— Faites entrer !

Il avait déjà mal à la tête. La pièce était envahie par des gens si pouilleux, si bornés, si farouches, qu'on se demandait d'où il pouvait en sortir autant chaque jour. Maintenant encore, Adil bey se trompait en essayant de déterminer leur race et certains parlaient un dialecte que personne ne comprenait, si bien qu'après de vains efforts pour s'expliquer ils s'en allaient, découragés.

Cela descendait des montagnes, du côté de l'Arménie et de la Perse, ou encore, Dieu sait pourquoi, cela s'était mis en route des confins du Turkestan et même de la Sibérie.

Et cela racontait des histoires interminables, d'une complication désarmante !

— Mais enfin, qu'est-ce que tu veux ? éclatait Adil bey.

— Je veux qu'on me paie un nouvel âne.

Or, l'âne était la seule chose dont l'homme n'eût pas parlé.

Aujourd'hui, Adil bey n'écoutait même pas. Il en avait la nausée. A quoi bon cette comédie, puisqu'en fin de compte, même dans les cas les plus sérieux, il n'obtenait rien des autorités ? Il s'étonnait de voir la fenêtre d'en face rester close. Au beau milieu des jérémiades d'un montagnard, il demanda à Sonia :

— Votre belle-sœur est malade ?

Elle jeta un coup d'œil vers la rue, elle aussi, comprit la pensée du consul, répliqua, le crayon à la main :

— Non. Elle travaille.

Cela n'empêchait pas l'homme de parler, un ton plus haut.

— C'est la première fois ?

— Oui. Elle a commencé aujourd'hui, comme comptable à la raffinerie d'Etat.

Rien de plus simple que cette conversation en contrepoint des lamentations du paysan dont les yeux noirs ne quittaient pas Adil bey, et pourtant ce dernier en avait mal aux nerfs.

— Il a fait très chaud, cette nuit.

Elle fit oui de la tête sans paraître gênée.

— Les deux fenêtres étaient ouvertes chez vous.

— Je n'y étais pas.

— Je sais.

Le paysan en arrivait à une voix de tête de diacre et le découragement se lisait sur son visage en terre cuite.

— Je t'écoute, soupira Adil bey pour le remettre en train.

Car, dans le silence, il n'aurait pas le courage de poser les mêmes questions.

— Vous avez dormi à la belle étoile ?

— Non, chez un ami.

— Le jeune homme que j'ai aperçu ?

— Oui.

C'était catégorique et franc, si catégorique qu'il se demanda s'il y avait quelque chose entre elle et le jeune homme.

— Vous l'aimez ? C'est votre fiancé ?

— Non. C'est un ami.

Adil bey se tourna vers le montagnard et lui dit de revenir un autre jour. Une vieille femme s'approcha, qui voulait divorcer mais qui était incapable d'expliquer pourquoi. Et il restait quinze ou vingt solliciteurs ! Adil bey les laissait parler et regardait tantôt la main de Sonia qui écrivait, tantôt ses cheveux pâles, tantôt sa robe noire et ses maigres épaules de jeune fille.

Il faisait chaud. Une odeur rance montait des

haillons et l'eau de Cologne d'Adil bey la rendait plus écœurante.

Cependant c'étaient les meilleures heures, ou les moins mauvaises de la journée. Le temps passait. On pouvait calculer que quand viendrait le tour du dernier visiteur, il serait à peu près une heure.

Mais après ? Qu'est-ce qu'il pouvait faire après ? Il s'étendait sur son lit et ne dormait pas, car il dormait déjà trop pendant la nuit. L'après-midi, les rues étaient des étuves, les unes sombres, les autres bouillonnantes de soleil, où il ne pouvait pas se traîner à l'infini, tout seul entre les murs.

Il n'y avait qu'à attendre, heure après heure, le moment de se promener sur le quai, avec la foule qui ne le regardait plus. Puis rentrer se coucher et, le lendemain matin, donner deux coups de poinçon dans la boîte de lait et aller prendre son tour sur le palier !

— Votre belle-sœur est contente de travailler ?

— Pourquoi serait-elle mécontente ?

— C'est elle qui l'a voulu ?

Sonia feignit de ne pas avoir entendu et écrivit plus vite. C'est alors que, sans raison précise, Adil bey se leva, lança un mauvais regard autour de lui.

— Le consulat est fermé ! déclara-t-il. Que ceux qui veulent reviennent demain.

Sonia leva la tête, hésita, fut peut-être sur le point de protester. Mais, sans attendre de réponse, il entra dans sa chambre et se regarda dans la glace du lavabo.

Il lui venait des poches sous les yeux. Son teint était terne et l'ensemble de sa personne avait un aspect triste et indécis.

Il guettait les bruits d'à côté. Des pas se traînaient vers le corridor. On entendait encore des voix, mais plus lointaines.

Il ouvrit à nouveau la porte du bureau et marcha dans la pièce, au hasard, sans savoir où il allait, sans regarder Sonia qui avait repris sa place.

— Vous ne vous sentez pas bien ? demanda-t-elle de sa voix égale.

— Je me sens très mal !

— Vous voulez voir le docteur ?

— Je n'ai pas envie d'être empoisonné.

Il crut sentir qu'elle souriait et il se tourna vivement vers elle, mais elle était la même que d'habitude.

— Combien de temps mon prédécesseur a-t-il vécu ici ?

— Deux ans, je crois. Je ne l'ai connu que la deuxième année.

Il s'assit, se leva, repoussa les papiers.

— Qui fera désormais le ménage, chez votre frère ?

— Chacun en fera sa part.

— Avouez qu'on a exigé que sa femme travaille ? Elle ressemblait trop à une bourgeoise, chez elle, dans son intérieur.

— N'est-ce pas naturel ?

— Et si elle avait un enfant ?

— Elle aurait droit à trois mois de congé payé, puis à trois demi-heures par jour pour l'allaiter.

— Et si vous en aviez un, vous ?

Il attendait un tressaillement qui ne vint pas.

— Ce serait exactement la même chose.

— Bien que vous ne soyez pas mariée ?

— Pourquoi pas ?

Qu'est-ce qu'il racontait ? Quel besoin de parler de ces choses ? Et pourtant il continuait. C'était plus fort que lui. Debout devant la fenêtre, il appela Sonia.

— Venez voir.

Il lui montra les gens qui attendaient le long du trottoir d'en face, en plein soleil, devant la coopérative. On venait de décharger des biscuits et des brisures à peine visibles avaient jailli par les fentes des caisses. Or, cinq ou six femmes étaient agenouillées à même le pavé pour les ramasser.

— Eh bien ? demanda Sonia.

— Oseriez-vous dire que ces gens-là ne crèvent pas de faim ?

— Ils ne crèvent pas, puisqu'ils vivent. N'y a-t-il pas de pauvres, chez vous ? Et n'y a-t-il pas des millions de chômeurs en Amérique, en Allemagne et ailleurs ?

Il la revoyait à la fenêtre du club, la veille, avec le jeune homme ; il revoyait les ouvriers écoutant la conférence. Il entendait les gammes du saxophone, tandis qu'il errait tout seul dans les rues.

— Qu'est-ce que vous pouvez acheter, avec les quatre cents roubles que vous gagnez ?

— Que voulez-vous dire ? J'achète ce qui m'est nécessaire.

— Vous m'avez déjà dit ça. Mais je connais les prix, maintenant. Une paire de souliers comme les vôtres coûte trois cent cinquante roubles. Votre robe en coûte au moins trois cents. Un morceau de viande...

— Je ne mange pas de viande.

— Votre frère non plus ?

— Seulement quand il dîne au restaurant coopératif.

— Combien gagne-t-il ?

— Quatre cents roubles aussi. Les membres du
parti n'acceptent pas de gagner davantage.

Cela l'excita de sentir un frémissement dans sa
voix tandis qu'elle ajoutait :

— Nous ne sommes pas malheureux.

— Et si vous deviez faire la queue comme ces
gens-là ?

— Je le ferais.

Il cherchait autre chose. Il sauta sur la première
idée, non sans un léger vertige.

— Avouez que vous appartenez au Guépéou !

— J'appartiens au Parti.

Il n'avait aucune idée préconçue au moment de
renvoyer ses visiteurs et, en tout cas, il n'avait pas
prévu cette conversation ridicule. Mais il avait besoin
de voir le visage de Sonia sans son éternelle expression d'assurance.

— Quel âge avez-vous ?

— Vingt ans, vous le savez.

— Pourquoi avez-vous suivi cet homme, hier ?

— Pourquoi ne l'aurais-je pas suivi ?

— Vous l'aimez ?

— Est-ce que vous aimez Mme...

Elle ne dit pas le nom, mais son regard se porta
vers la chambre.

— Ce n'est pas la même chose.

Il était ridicule, odieux, et il en souffrait au point
que chaque pore de son front laissait gicler une goutte
de sueur. Ses sourcils étaient froncés, ses yeux
fuyants. Comme il était derrière Sonia, il faillit la

prendre dans ses bras, de force, la serrer contre lui en disant n'importe quoi.

Il n'osa pas. C'était impossible et il regarda avec haine les deux fenêtres fermées de la maison d'en face, la rue bouillante, le bout du ciel glauque et son bureau à lui, vide, mort.

Alors, changeant de ton, il laissa tomber :

— Vous avez renoncé à me trouver une femme de ménage ?

— Je cherche toujours.

— Vous savez bien que vous ne trouverez pas.

— C'est très difficile.

— Parce que je suis étranger, n'est-ce pas ? Et un Russe se fait mal voir s'il travaille chez les étrangers ! Il risque même d'être soupçonné et inquiété par le Guépéou !

Elle sourit.

— Osez dire que ce n'est pas vrai ?

Tout cela, c'était juste le contraire de ce qu'il voulait. Il en aurait bien pleuré.

— Ecoutez, Sonia...

— J'écoute.

N'aurait-elle pas dû l'aider ? Elle n'avait pas besoin de parler, ni de faire un geste. Il lui suffisait d'être un peu moins calme, moins sûre d'elle, moins comme toujours. N'était-ce pas pour parer au danger qu'elle avait repris sa place au bureau ?

— Vous me détestez !

— Non, dit-elle. Pourquoi vous détesterais-je ?

— Que pensez-vous de moi ?

— Je pense que vous feriez mieux de retourner dans votre pays.

Il en haleta.

— Vous voulez dire que je ne suis pas capable de vivre ici, que je me laisse impressionner par toutes vos organisations et par le mystère dont elles s'entourent ? Je sais que vous le pensez ! Mais j'ai vécu ailleurs, croyez-le ! Avez-vous déjà entendu parler des Dardanelles ? Pendant trois ans, j'y suis resté dans des tranchées à peine tracées où parfois nous marchions sur deux couches de cadavres ! Il n'y avait pas de servante non plus, là-bas, ni même de lait condensé...

Elle le regardait avec son éternelle gravité. Elle aurait pu sourire de cet orgueil qui était si brusquement remonté à la surface. Mais non ! Elle observait son interlocuteur avec curiosité.

— J'ai encore une balle à la base du crâne, d'où on ne pourra jamais l'extraire. Et savez-vous comment j'ai rejoint Mustapha Kémal en Asie Mineure, lors de la révolution ? Nous nous sommes mis à trois dans un caïque de six mètres de long et pendant des semaines nous avons été ballottés sur la mer Noire. C'était en plein hiver.

Il avait besoin de lui raconter ces choses parce qu'il savait que maintenant il avait la peau grise, les épaules veules. Seulement il s'était arrêté dans son élan et il ne trouvait plus rien à dire.

Pourquoi ne parlait-elle pas, elle ?

Il se campa devant la fenêtre pour reprendre son souffle et laisser à son sang le temps de se calmer. Quand il se retourna, la secrétaire classait ses notes du matin.

— Sonia !

— Oui.

— J'ai été très triste, cette nuit.

— Pourquoi ?

— Parce que votre lit était vide. Je n'ai pas compris.

— Qu'est-ce que vous n'avez pas compris ?

— Que vous ayez suivi cet homme. Combien d'autres avez-vous suivi de la sorte ?

— Je ne sais pas.

— Depuis quand ?

— Environ depuis deux ans.

Il la voyait de profil et il pensait à des tas de choses, pêle-mêle, aux quatre cents roubles qu'elle gagnait, aux repas de pain noir et de thé, au lit de fer dans la chambre de son frère et de sa belle-sœur, à l'eau qu'elle allait chercher le matin, elle aussi, dans le corridor, à...

Et pourtant sa robe était bien coupée, son visage calme et décidé !

Ce serait comme la semaine précédente : il faudrait attendre l'orage pendant des heures. Le ciel n'avait plus de couleur. Une buée chaude couvrait la ville et les poumons aspiraient un air trop épais.

— Qu'avez-vous, Adil bey ?

Il avait arraché son faux col et sa cravate et il restait debout, saugrenu, au milieu du bureau.

— Vous devriez vous asseoir.

C'est justement ce qu'il ne voulait pas faire, parce qu'il n'avait pas encore renoncé à la saisir dans ses bras. De temps en temps, il se rapprochait d'elle, décidé, puis s'éloignait.

La sonnerie du téléphone retentit. Sonia écouta, tendit simplement le récepteur à Adil bey.

— Non... Non... grogna celui-ci dans l'appareil. C'est impossible... Je ne suis pas bien... Non, je ne puis voir personne !... Je vous dis non : je veux rester dans mon coin comme un chien malade... Au revoir...

C'était Nejla !

— Vous vous sentez vraiment malade ? demanda Sonia sans émotion.

— Je n'en sais rien.

Il n'était bien nulle part. Il avait chaud. Il n'avait pas faim, pourtant il avait des tiraillements d'estomac.

— Savez-vous ce que vous devriez faire ? Aller à la plage et prendre un bain. Ensuite, vous vous rendriez sans vous presser au jardin botanique que vous n'avez pas encore vu et qui est, d'après les étrangers, un des plus beaux du monde. Par les raccourcis, il y a à peine six kilomètres.

— Et encore quoi ?

— Après cela, vous serez fatigué et vous dormirez.

— Vous avez déjà suivi ce programme, vous ?

— Oui.

— Toute seule ?

— Pourquoi pas ?

Il l'aurait giflée. L'idée de faire douze kilomètres, tout seul, dans le soleil, pour visiter le jardin botanique !...

— Bien entendu, vous refuseriez de m'accompagner ?

— Je serais obligée de refuser, oui.

— Parce que cela vous ennuierait ?

— Pas spécialement.

— Toujours la même chose, en somme ! Parce que je suis un étranger ! Vous deviendriez suspecte ! Oh !

86

je commence à comprendre ! J'ai vu ces femmes qui, au *Bar*, se laissent emmener par les marins. Mais je sais aussi qu'elles appartiennent au Guépéou. Avouez-le !

— Pourquoi pas ? Il arrive à la police de les questionner.

— Vous aussi ?

— Je n'ai pas dit cela.

— Mais vous n'oseriez pas affirmer le contraire ! Cette nuit, on a tué un homme, à cinquante mètres de moi.

Elle le regarda avec curiosité.

— Celui qui a tiré portait une casquette verte.

— Chez vous, la police ne tire jamais ?

— Peut-être. Il y a en tout cas la différence que les spectateurs réagissent, s'inquiètent de savoir ce qui s'est passé. Hier, ceux qui étaient présents n'ont même pas avancé d'un pas.

— C'est que cela ne les intéressait pas.

Il y avait comme un sourire, pourtant, dans ses yeux clairs, et cela ressemblait à un correctif. Du moins cela atténuait-il quelque peu la simplicité désarmante de la réponse.

— Sonia...

— Voilà trois fois aujourd'hui que vous m'appelez sans rien ajouter.

— Vous voudriez que j'ajoute quelque chose ?

— Non.

Il sourit aussi. C'était sa première détente. Il avait soudain l'impression qu'ils n'étaient pas si loin l'un de l'autre qu'il l'avait pensé.

On entendit un bruit de volet refermé. C'était la coopérative qui avait épuisé son stock et Adil bey vit une quarantaine de personnes, comme chaque jour, s'en aller le filet vide.

— J'ai oublié de vous parler de votre linge, dit la jeune fille en se levant.

La fenêtre s'ouvrait, en face. Koline était rentré le premier et sa casquette verte était déjà au portemanteau. Il alluma une cigarette, rentra dans l'ombre de la chambre, défit des paquets de victuailles qu'il rangea sur la table. Il n'avait pas eu un regard pour les fenêtres du consulat.

— Vous l'avez vu, ce matin ? questionna Adil bey.

— Mais oui.

— Il ne vous a rien dit ?

— Qu'aurait-il dit ? A propos du linge, vous n'aurez qu'à me le donner et je l'enverrai à la blanchisserie avec le nôtre. C'est le jour. Où est-il ?

La porte était ouverte, entre le bureau et la chambre. Le lit était encore défait et le pyjama d'Adil bey traînait par terre. Elle le ramassa.

— Dans cette armoire ?

— Oui... Sonia... Je voudrais vous poser une question...

— Encore au sujet de cette nuit ? Je ne vous comprends pas. Vous attachez une importance ridicule à des choses qui n'en ont pas.

— Il ne s'agit pas de cet homme.

— Alors de quoi ?

— De moi... Si je vous demandais...

Il parlait bas, car les fenêtres étaient ouvertes et il avait l'impression qu'on pouvait l'entendre d'en face. Sonia tenait à la main un tas de linge. Il était, lui, entre elle et la rue. Il avait entendu rentrer Mme Koline et il avait perçu un bruit d'assiettes.

— Dépêchez-vous, car on va déjeuner.

C'était la fin. Elle partait. Encore quelques secondes et ce serait trop tard.

— Si je vous demandais, un soir, de...

Elle ne le laissa pas achever.

— Ce serait si compliqué ! soupira-t-elle en se dirigeant vers la porte.

Elle n'avait pas dit non. Elle ne s'était pas fâchée. Elle n'avait pas ri. Entre les fenêtres de la chambre et la première fenêtre du bureau s'étendait un pan de mur plein. Sonia devina pourquoi il se tenait à cet endroit, où elle devait passer et où ils étaient invisibles d'en face, mais elle ne recula pas.

— Sonia !

Il la prit dans ses bras, si ému qu'il ne pensa pas tout de suite à l'embrasser. Il la tenait par les épaules. Elles étaient maigres. La chair n'était pas très dure. Il se penchait sur son cou, il se frottait la joue à sa peau, relevant un peu les cheveux blonds, et il était étonné de la sentir s'abandonner.

— Sonia...

Il toucha ses lèvres. Il les pressa contre les siennes et faillit perdre l'équilibre tant elle se renversait en arrière. Quand elle se redressa, il resta immobile, dérouté. Elle n'avait pas lâché le paquet de linge. Elle souriait drôlement, en arrangeant ses cheveux d'une main.

— Pourquoi vous parfumez-vous ? demanda-t-elle.

— C'est de l'eau de Cologne. Vous n'aimez pas ?

— Je ne sais pas. Je vous ai acheté des poissons fumés et du fromage de brebis.

Elle n'était plus sous la protection du pan de mur.

Par la fenêtre, elle regarda son frère et sa belle-sœur qui avaient commencé à manger.

— A tout à l'heure.

Adil bey, resté seul, ne se trouva pas heureux, pas même gai. Il ouvrit les paquets qu'elle avait posés sur la table, mais la vue des mets ne lui donna aucun appétit.

Il entendit les pas de Sonia dans la rue et il ne se pencha même pas pour la voir.

Koline beurrait son pain noir, buvait du thé avec un fort bruit d'aspiration et sa femme parlait vite, racontait sans doute les détails de sa première matinée de travail.

Sonia entra dans la chambre, posa le linge dans un coin, jeta son chapeau noir sur le lit et vint s'asseoir à sa place, le dos à la fenêtre.

Il dut être question d'Adil bey, car à plusieurs reprises Koline se tourna vers le consulat, mais sans qu'on pût lire le moindre intérêt sur son visage.

Pourquoi Mme Koline riait-elle ? Elle ne souriait pas. Elle riait ! De quoi ? De ce qui s'était passé le matin ?

Et qu'est-ce que son mari, au lieu de manger, écrivait dans son carnet ?

Ils étaient là tous les trois, au frais dans la chambre, autour de la table. Ils dévoraient avec appétit leur maigre repas, près des deux lits, du lavabo qui voisinait avec la bibliothèque. Koline avait l'habitude, entre deux tartines, de tirer quelques bouffées de sa cigarette à bout de carton, qu'il posait sur le rebord de la fenêtre.

Est-ce que Sonia ne se retournerait pas, elle aussi ? Adil bey la guettait. Il attendait. Il était tapi dans le fond de la pièce et un frémissement de la nuque, qu'il perçut malgré la distance, lui annonça qu'elle allait faire un mouvement.

Elle se retourna en effet, la bouche pleine, fut un instant sans le voir, fixa la table aux victuailles en faisant des yeux étonnés comme pour dire :

— Vous ne mangez pas ?

Cela avait duré deux secondes, puis ce fut le frère qui regarda, puis un nouveau rire de la belle-sœur, et Adil bey, sortant enfin de sa tanière, alla refermer la fenêtre.

Il était humilié. Il se sentait moins que rien. Avec méfiance, comme si c'eût été une autre personne, il regarda encore son image dans la glace et il eut l'impression qu'il était vraiment malade.

Du coup, il envoya une lettre à Istambul pour commander une quantité ridicule de bromure.

6

Adil bey devait penser souvent à cet instant, à Sonia qui se retournait pour le chercher des yeux puis continuait à manger, tandis que son frère et sa belle-sœur le regardaient à leur tour, lui impassible, elle en pouffant.

Ce fut en effet le dernier moment de toute une époque, le premier d'une autre, mais il ne le savait pas alors et il grognait parce que l'orage n'éclatait pas assez vite.

Il n'avait pas envie de travailler. Quand Sonia revint, il resta enfermé dans sa chambre, assis au bord du lit, espérant toujours qu'elle aurait un renseignement à lui demander. Mais il n'en fut rien et, vers quatre heures, il se donna un coup de peigne et pénétra dans le bureau.

— Vous avez dormi ? demanda-t-elle.

— Non.

Il avait senti quelque chose d'anormal dès le premier instant, mais il ne savait pas quoi. Quand il fut assis à son bureau, il la regarda qui travaillait et il se demanda pourquoi il prenait, lui, un air bougon.

Car Sonia était gaie, très gaie. Cela ne se marquait pas d'une façon violente. En écrivant, elle faisait comme d'habitude sa moue d'enfant appliquée. C'étaient les yeux qui riaient et, quand elle leva la tête, il y vit des paillettes d'or.

Il ne lui connaissait pas cette gaieté-là, qui jaillissait de très profond. Sonia ne se moquait pas des choses et des gens : elle leur souriait, y compris à Adil bey qui retourna dans sa chambre pour changer l'expression de son visage.

Trois fois, quatre fois il revint dans le bureau, repartit, tantôt regardant le cou mince et blanc de Sonia qui émergeait de la robe noire, tantôt ses mains, tantôt cherchant à revoir les étincelles au fond des prunelles.

A cinq heures, elle se leva pour mettre les papiers en ordre et ils n'avaient pas encore échangé trois phrases. A cinq heures et demie, comme d'habitude, elle prit son chapeau et, au moment de sortir, se tourna carrément, franchement vers Adil.

Elle devait savoir ce qu'elle allait trouver. Il s'avançait honteux, décidé, malheureux. Il voulait la prendre aux épaules, l'entraîner à la même place que le matin.

— Ecoutez, Sonia...

Elle était toute droite, les deux mains sur la poignée de son sac, et elle paraissait plus étroite, plus enfant.

— Vous y tenez vraiment ?

Puis, du même ton, en tendant la main droite vers la clenche :

— Attendez-moi ce soir. N'éclairez pas.

Il l'avait vue ensuite chez elle, rentrant de la plage,

mangeant avec son frère et sa belle-sœur. On avait allumé les lampes et fermé les fenêtres.

Au consulat, Adil bey marchait dans l'ombre, s'asseyait quelque part, mais pas longtemps, puis repartait.

Et Sonia était venue. Il avait reconnu son pas. Elle avait ouvert la porte et, au moment de la refermer, elle s'était penchée pour inspecter le corridor. Il ne voyait que la tache de son visage et de son cou, celle de ses mains. Il y avait toujours de la lumière en face. Des gouttes d'eau tombaient, enfin libérées, de tout en haut du ciel.

Adil bey ne dit rien, ne fit pas un geste et Sonia posa son sac sur le bureau, retira son chapeau, s'approcha enfin de lui en disant :

— Me voici !

Combien de fois était-elle venue en quinze jours ? Peut-être dix fois ? Adil bey avait l'habitude de la guetter, au moment où elle allait partir, à la soirée. Elle répondait oui d'un signe de tête, avec toujours le même sourire, ou bien elle disait :

— Non.

Et, quand elle avait dit non, elle n'écoutait pas ses prières. C'était non !

Elle arrivait dès qu'il faisait noir. Elle repartait quand son frère avait quitté la fenêtre où il avait l'habitude de fumer avant de s'endormir.

Le premier soir, on avait frappé à la porte et ils étaient restés tous les deux immobiles dans l'obscurité en attendant d'entendre s'éloigner les pas. Un peu plus tard, la sonnerie du téléphone avait retenti et Sonia avait empêché son compagnon de répondre.

Les fenêtres d'en face s'étaient ouvertes, malgré la pluie, quand Mme Koline s'était couchée, et Koline seul était resté à aspirer l'air rafraîchi.

Ils étaient tout près les uns des autres. Sonia était calme, si calme qu'Adil bey se demandait pourquoi elle était venue.

Il tremblait, lui, en la prenant dans ses bras, en faisant glisser la robe noire, en découvrant ce corps si peu formé qui se montrait sans coquetterie et sans passion.

— Pourquoi êtes-vous si ému ?

Il voyait ses yeux, à quelques centimètres des siens, des yeux qui le regardaient curieusement et qui semblaient réfléchir.

— Vous êtes un drôle d'homme !

Elle disait cela, très tard, en laçant ses chaussures, tandis qu'il éprouvait le besoin de coller son front à la vitre.

Maintenant, après trois semaines, en savait-il davantage ? Etait-il plus heureux ou plus malheureux ? Il la regardait souvent, pendant la journée, calme et appliquée, et il ne s'établissait entre eux aucun contact.

Il l'observait surtout quand elle était à table, de l'autre côté de la rue ; il observait Koline et sa femme et cela le tracassait davantage. Pouvaient-ils ne pas savoir ? Et, s'il savait, pourquoi Koline continuait-il à considérer le consulat avec indifférence ?

Il essaya de tutoyer Sonia, mais ce ne fut pas possible. Souvent il la tenait dans ses bras et son visage exprimait soudain son angoisse.

— Qu'avez-vous ? demandait-elle en souriant.

Ce qu'il avait ? Il souffrait de l'avoir là, à lui, et de chercher en vain une véritable intimité !

— Vous ne m'aimez pas, Sonia.

— Cela dépend de ce que vous appelez aimer.

Elle était tendre, parfois caressante ! Il ne sortait presque plus. Par contre, un jour, Nejla Amar arriva vers dix heures du matin et s'écria :

— C'est ainsi que vous venez me voir ?

Il y avait du monde dans le bureau. Adil bey, embarrassé, regarda Sonia qui, le crayon pointé sur ses papiers, lui montra du regard la visiteuse, puis la porte de la chambre.

— Vous savez que mon mari revient la semaine prochaine ?

— Ce n'est pas vous qui avez essayé de me téléphoner ?

— Non. Avouez que j'étais en droit d'attendre de vos nouvelles !

Qui donc avait téléphoné, le premier soir ? Qui était venu frapper à la porte ?

— Je ne sais pas ce que vous avez, Adil, mais je vous trouve changé.

Elle retira son chapeau, ses gants, se regarda dans le miroir.

— Qu'avez-vous fait depuis l'autre jour ?

— Rien.

— Vous ne m'embrassez pas ?

De l'autre côté de la porte, Sonia écoutait les visiteurs. La Persane ne partit que deux heures plus tard, mécontente. Le couple s'était presque disputé.

— Avouez qu'on vous a raconté des histoires sur mon compte ! s'était-elle écriée à certain moment.

— Je vous jure...

— Qui avez-vous vu ?

— Personne.

— Et pourtant on vous a rencontré au *Bar* !

— J'y suis allé une fois.

Quand Nejla traversa le bureau, Sonia ne la regarda même pas. Adil bey reprit sa place. Sa secrétaire lui désigna un homme au visage et à l'accoutrement de pirate qui s'était assis dans un coin.

— Il veut vous parler personnellement.

— Avance ! dit le consul.

— Quand vous aurez fini avec les autres.

Sonia prenait des notes, comme d'habitude.

— A ton tour, maintenant.

Mais l'homme regarda la jeune fille d'une façon significative, grommela en turc :

— Vous croyez qu'on peut parler ?

Sonia avait compris. Elle attendit un ordre, en faisant mine de se lever.

— Restez. Tu peux parler.

L'homme tendit enfin des papiers crasseux qu'il portait entre la chemise et la peau.

— C'est ton passeport ?

— Non. C'est celui de l'homme qui est mort. Il m'a dit que, s'il lui arrivait malheur, j'apporte ses papiers ici, pour qu'on prévienne sa sœur qui habite Smyrne.

Sonia comprenait qu'elle ne devait pas prendre de notes et profitait de ce répit pour classer ses papiers.

— Explique-toi.

L'homme alla ouvrir la porte pour s'assurer qu'il n'y avait personne à l'écoute.

— J'en ai passé six en Anatolie, par un sentier de

montagne. Au moment où c'était presque fini, on nous a tiré dessus et un des six est resté.

— Tu en passes beaucoup comme cela ?

L'autre ne répondit pas, ramassa son bonnet de fourrure et sortit après avoir grogné :

— Vous ferez le nécessaire avec les papiers ?

La matinée était finie. Le bureau était vide et sale. Sonia mettait son chapeau.

— Vous n'êtes pas fâchée ? demanda Adil bey.

— Pourquoi ?

— A cause de cette femme.

— Vous ne pouviez pas faire autrement. Je vous demande la permission de ne pas venir après-midi, car il y a la visite de l'escadre.

— Très bien.

Etait-il possible de l'embrasser, ou de lui dire quelque chose de tendre quand elle se tenait ainsi, droite et nette devant lui ? Au surplus, il pensait à l'homme qui sortait du consulat, et aussi à Nejla dont il reniflait le parfum avec mauvaise humeur.

— A demain, Adil bey.

— A demain.

Toute l'après-midi, il fut littéralement rejeté d'une rue à l'autre comme un objet étranger. Il ne savait rien des fêtes qui se déroulaient. Dès le premier carrefour, quand il sortit de chez lui, il se heurta à des policiers à cheval qui barraient le passage.

Il prit un autre chemin. Le long des trottoirs et de la rue principale, il y avait une double haie de curieux et à toutes les fenêtres pendaient des drapeaux rouges. Des banderoles ornées d'inscriptions étaient tendues en travers des maisons. Quelque part, à hauteur des toits, flottait un calicot de plusieurs mètres avec un portrait monstrueusement agrandi de Staline.

Au moment où l'on distinguait quelque chose qui devait être la tête d'un cortège, de nouveaux agents à cheval repoussèrent le public, sans un mot, la cravache à la main, et Adil bey se trouva coincé à l'entrée d'un porche.

Il ne vit presque rien : des gens qui marchaient en rang, avec des drapeaux, des banderoles encore, des bannières à l'effigie de Lénine. Il y avait des musiques, puis des marins défilèrent, en blanc, avec le col bleu, les longs rubans de leur béret sur le dos.

Personne ne criait. Personne ne parlait. Les musiques étaient seules à éclater dans le vaste silence.

Le cortège passé, il y eut des remous. Les curieux se précipitaient tous dans une même direction. De très loin, Adil bey aperçut une estrade ornée de velours rouge, mais il fut à nouveau refoulé et il se retrouva au bord de la mer.

Cinq bateaux de guerre étaient en rade, parmi les cargos étrangers. Des vedettes bourdonnaient sur l'eau luisante. Sur la façade de la maison des syndicats et des clubs, des jeunes gens achevaient de poser des ampoules électriques qui dessinaient des lettres gigantesques.

Adil bey sursauta en entendant le bruit d'un klaxon à un mètre à peine derrière lui. Il fit même un bond de côté, tandis que John, au volant de la voiture qui venait de stopper, riait bêtement de sa peur.

— Ça va ?

Il était rouge, débraillé.

— Vous allez de ce côté ? Montez...

Il avait déjà ouvert la portière et Adil bey n'osa pas refuser.

— Vous n'êtes pas invité au banquet ? Ils donnent un grand dîner avec bal, ce soir, en l'honneur des officiers de la Flotte.

On ne pouvait jamais savoir si John se moquait de lui ou des autres, ou s'il était sérieux.

— Pour commencer, on vient d'en fusiller un !

— Un quoi ?

— Un type ! C'est près de chez moi que ça se passe, dans la cour de la caserne du Guépéou. On a amené l'homme vers les deux heures. Il avait l'air abruti. On l'a collé au mur et on lui a envoyé quelques balles dans la peau. Il paraît que c'est un montagnard qui faisait passer la frontière aux amateurs...

Ils étaient arrivés près de la raffinerie.

— Où voulez-vous que je vous dépose ?

— Ici.

Adil bey était blême. Un instant, il resta indécis près du marchepied.

— Il avait des moustaches ? questionna-t-il à grand-peine.

— De belles moustaches noires comme les paysans de chez vous.

— Je vous remercie.

— Et Nejla ?

Mais Adil bey n'entendait plus. Il marchait vite, en plein soleil, la tête bourdonnante comme s'il eût traversé un nuage de mouches. Un barrage l'arrêta encore, mais à force de détours, il arriva devant les bâtiments où il avait l'habitude de voir le chef des étrangers. La porte était ouverte. Toutes les portes intérieures aussi. Cependant il eut beau marcher, appeler, pénétrer dans dix ou douze bureaux, il ne trouva personne.

Quand il se retrouva dans la rue, la cérémonie devait être terminée, car la foule déferlait, parsemée cette fois de centaines de marins qui déambulaient par trois ou quatre, la nuque rasée, le teint rose, avec l'air de jeunes hommes bien nourris.

Tous étaient blonds, grands, larges d'épaules, un peu gras. C'étaient des garçons du Nord, des rives de la Baltique, mais ils souriaient à la ville, au soleil, aux drapeaux rouges et aux banderoles.

C'était une vraie fête ! Déjà certains marchaient côte à côte avec des filles en blanc et en espadrilles qui travaillaient au port et à la raffinerie.

Adil bey cherchait Sonia. Il rentra au consulat pour s'assurer qu'elle n'était pas chez elle, mais les fenêtres des Koline étaient fermées.

Soudain il prit son parti et, quelques instants plus tard, il sonnait au consulat d'Italie.

— Veuillez passer ma carte à M. Pendelli.

On remuait sur la terrasse. Le valet le pria de monter et Mme Pendelli elle-même l'accueillit, douce et cordiale comme s'il n'y eût jamais eu de malentendu entre eux. Pendelli se leva même du fauteuil où il était affalé, en complet de toile crème. Une voix minauda :

— Et moi ? On ne me dit pas bonjour ?

C'était Nejla qui grignotait des petits fours.

— Vous nous avez boudé bien longtemps, murmura Pendelli sans ironie apparente.

La terrasse était claire. Le thé était servi comme

la première fois. Adil bey remarqua qu'au balcon le pavillon soviétique voisinait avec le drapeau italien.

— Vous pavoisez ? s'étonna-t-il.

— C'est une nécessité. Du moment que nos gouvernements reconnaissent les Soviets ! Et vous ?

— Je ne sais pas. Je suis venu pour vous demander...

— Une tasse de thé ? Une orangeade ? offrit Mme Pendelli, qui avait les épaules brunies par le soleil.

— Merci. Il paraît qu'on vient de fusiller un homme. C'est un de mes ressortissants. Il était dans mon bureau ce matin.

Pendelli alluma une fine cigarette et en souffla la fumée devant lui d'un air indifférent.

— Qu'est-ce que vous voulez savoir ?

— Tout d'abord si c'est vrai. Ensuite...

Pendelli pressa un timbre. Un employé à lunettes d'écaille entra et le consul lui parla en italien. L'employé, après un rapide coup d'œil à Adil bey, hocha affirmativement la tête.

— C'est vrai, dit le consul. On l'a arrêté sur le quai de la gare, où il attendait le train de Tiflis.

— Asseyez-vous, je vous en prie, insista Mme Pendelli.

Il s'assit machinalement. Mais il ne tenait pas en place. Il avait besoin de se rassurer. Quand l'employé fut sorti, il avoua, après avoir regardé anxieusement autour de lui :

— Ce matin, il m'a confié qu'il faisait passer la frontière à ceux qui voulaient gagner la Turquie.

— Eh bien ?

— Il n'a dit cela qu'à moi, dans mon bureau.

— Vous étiez seul ?

— Seul, oui. C'est-à-dire qu'il y avait ma secrétaire...

Nejla éclata de rire.

— La sœur du chef du Guépéou maritime ! lança-t-elle.

Pendelli haussa les épaules.

— Que voulez-vous que je vous dise ?

— L'homme pouvait être suivi depuis longtemps, ne croyez-vous pas ?

— Non.

— Pourquoi ?

— Parce qu'on ne l'aurait pas laissé arriver jusqu'à vous.

— Vous ne prenez pas de gâteaux, Adil bey ?

— Non, madame. Excusez-moi. C'est la première fois que...

— Que vous entendez parler d'un fusillé ? soupira Pendelli. Mais chaque mois, mon pauvre ami, quelques personnes disparaissent de la circulation. Croyez-vous que quelqu'un s'en inquiète ? Allons donc ! Un père qui voit arrêter son fils devant lui ne se permet même pas de demander pourquoi !

— Que feriez-vous à ma place ?

— Rien du tout. L'homme est bien mort, n'est-ce pas ? Soyez le plus aimable possible avec votre secrétaire et ne lui parlez pas de cette histoire.

Depuis quelques instants, Nejla regardait Adil bey avec attention.

— Notre ami n'a peut-être été que trop aimable avec elle, articula-t-elle avec un méchant sourire.

— Que voulez-vous dire ?

— Qu'elle est assez mignonne et que c'est la première fois que je vois une dactylographe russe s'occuper du ménage de son patron.

Pendelli souriait à sa cigarette.

— Ne taquinez pas Adil bey, dit sa femme. Vous savez bien qu'il n'aime pas la plaisanterie.

— En tout cas, conclut Nejla, si ce n'est pas une plaisanterie, il n'en a pas encore fini !

— Savez-vous ce que vous devriez faire avant tout ?

Pendelli, cette fois, était sans ironie. On sentait qu'il parlait sérieusement.

— Filez chez vous et hissez le drapeau rouge.

— Je vous remercie. Je m'excuse de cette intrusion...

— Mais non ! Mais non ! Cette maison vous est toujours ouverte.

N'empêche que, du trottoir, il entendit fuser le rire de Nejla, puis perçut la voix étouffée du consul qui soufflait.

— Chut ! Il peut vous entendre.

— Qu'est-ce que cela me fait ? répliqua-t-elle.

Des policiers revenaient, à cheval, de la manifestation. Ils trottaient dans la rue étroite qui vibrait tout entière au choc des sabots. Et des matelots à col bleu, des filles en blanc, toute une foule déferlait vers le port, dans le soleil, une foule qu'Adil bey devait couper en biais pour aller chez lui, hisser le pavillon soviétique.

La fenêtre d'en face, cette fois, était ouverte. Sonia était debout devant la glace, dans une robe neuve que sa belle-sœur, à genoux, des épingles entre les lèvres, achevait de mettre au point. La robe était en satin noir, garnie de volants encore raides.

Au bruit qu'il fit en hissant le drapeau, Sonia tourna la tête, sourit, mais très peu, très vite, d'un sourire furtif aussitôt effacé, puis elle parla à sa belle-sœur qui se leva pour fermer la fenêtre.

Il y avait encore une fanfare dans les rues et Adil bey faillit ne pas entendre la sonnerie du téléphone. Quand il décrocha, personne n'était au bout du fil.

7

Il ne broncha pas, il n'eut même pas une velléité de sourire quand Mme Pendelli, qui rangeait les cartes dans un coffret, lui dit :

— Savez-vous, Adil bey, que vous devenez un très fort joueur de bridge ?

Pendelli repoussait son fauteuil, se renversait en arrière et allumait une cigarette à bout rose. C'était l'heure où, d'habitude, il fermait à demi les yeux, bâillait, soupirait jusqu'à ce que quelqu'un donnât le signal du départ. Cette fois, au contraire, il dit à John, qui portait une chemise à col ouvert :

— Servez-vous encore un whisky.

Le feu était allumé dans l'immense poêle en faïence. On entendait le murmure de la pluie et parfois le bref crépitement d'une gouttière qui se vidait. Le salon était éclairé par des lampes à pétrole, car à cette heure le courant était coupé.

— On a expédié notre ami persan par le train du matin ? questionna John en se versant à boire.

— Avec deux hommes dans son compartiment, répondit Pendelli, béat. Savez-vous combien de tapis de valeur il était parvenu à faire passer de l'autre côté de la frontière en moins d'un an ? Cent quatre-vingts ! Et je ne parle pas des samovars, des icônes, des objets d'art de toutes sortes.

Il se tourna vers Adil bey.

— C'est en l'aidant que votre employé Fikret s'est fait pincer. Ils avaient discuté le coup dans ce salon, accoudés à la cheminée. Vous vous souvenez ? Le lendemain, Fikret a été mis à l'ombre, sans bruit, et on n'a plus entendu parler de lui. Quant à Amar, les Soviets ont demandé au gouvernement persan de bien vouloir le rappeler d'urgence et il est parti ce matin, avec une escorte.

— C'est vrai que sa femme est restée ? s'informa Mme Pendelli.

— Ce n'était pas sa femme, mais une créature quelconque qu'il a ramassée à Moscou quand il était secrétaire à la légation. Elle n'a pu le suivre en Perse.

L'air était tiède et doux. Il y traînait des bouffées de sommeil et les deux abat-jour étaient d'un rose crémeux de sorbet. Pendelli allongeait encore les jambes, comme on s'étire.

— Encore un jour ! s'extasia-t-il.

— Vous serez en Italie pour Noël ?

— L'*Aventino* arrive à Gênes le 22 et nous serons à Rome le 23.

C'est à Gênes, à Rome, à sa maison que s'adressait déjà son sourire. Il partait en congé pour deux mois et cela suffisait pour qu'il n'eût plus sommeil et aussi pour lui faire considérer avec détachement les choses de Russie. Il éprouvait même le besoin d'en parler, pour augmenter encore sa joie de partir.

— Vous rentrez de Novorossisk, John ? Est-ce vrai qu'on y a mangé des enfants la semaine dernière ?

— C'est-à-dire, précisa John, que la police a reçu une dénonciation. Elle s'est rendue à l'adresse indiquée et a trouvé un homme assis dans une cave, près de saloirs qui contenaient les restes de sa femme et de sa fille. Il a fallu l'abattre, car il défendait rageusement ce qu'il considérait comme son bien. Il était devenu fou.

— Qu'en dites-vous, Adil bey ?

— Je n'en dis rien.

— Notre ami Adil a beaucoup changé en trois mois, admira Mme Pendelli. Les premiers jours, je ne croyais pas qu'il tiendrait. Et pourtant il s'est adapté. Il me semble même qu'il a grossi.

C'était vrai. Il avait grossi. Mais ce n'était pas un signe de bonne santé. Il lui venait une chair épaisse et molle qui le vieillissait et son regard était plus lourd, plus nébuleux.

— En somme, vous allez être seul ici à représenter le corps consulaire !

Il esquissa un sourire poli. Depuis qu'il venait chaque semaine à la soirée de bridge des Italiens, Mme Pendelli était très gentille avec lui. Elle semblait l'avoir pris sous sa protection et c'est elle qui défendait à son mari de le taquiner.

— On va vous laisser, fit John en vidant son verre. Je suppose qu'on vous reverra avant votre départ ? D'ailleurs, je serai au bateau. Vous venez, Adil ?

Il était, comme toujours, dans une demi-ivresse. Ils endossèrent leur ciré et leurs caoutchoucs, puis, ils pataugèrent dans la boue cependant que la pluie lavait leur visage. Depuis le début de l'automne, il pleuvait tous les jours, sans une accalmie, sans un rayon de soleil, et certaines rues étaient transformées en torrents.

— Dites donc, Adil ?

De temps en temps, les deux silhouettes luisantes s'entrechoquaient parce que les deux hommes essayaient d'éviter une mare d'eau, ou parce que l'un d'eux avait glissé.

— J'écoute.

— Vous buvez, hein ?

— Non ! Pourquoi demandez-vous cela ?

— Pour rien. On passe un moment au *Bar* ?

Adil bey savait très bien ce que John pensait. Comme Mme Pendelli l'avait dit, il avait changé et l'Américain croyait que c'était grâce à l'alcool.

Il n'en était rien. Adil lui-même n'aurait pas pu dire exactement comment cela s'était fait. Cela avait commencé le jour de la mort du Turc qui passait les gens à la frontière. Adil bey s'était beaucoup agité puis, brusquement, il était devenu calme, comme si un rouage se fût détraqué en lui.

Le lendemain, il n'avait rien dit à Sonia. Il ne lui avait pas parlé de toute la journée. Quinze jours durant, il ne lui avait pas demandé une seule fois de venir le voir.

Et son visage, dans l'absolue solitude, prenait peu à peu cette molle impassibilité que John confondait avec une demi-ivresse.

C'était autre chose, mais ce n'était pas non plus de l'indifférence, ni un parti pris.

Dès son arrivée à Batum, il s'était présenté chez les Pendelli, prêt à partager une petite partie de leur vie, et il s'était heurté à une ambiance hostile. Il avait

110

erré dans les rues, mêlé à la foule, et la foule s'ouvrait pour le laisser passer en évitant tout contact. Il s'était raccroché à Sonia, désespérément, rageusement. Et jamais il ne l'avait sentie aussi loin de lui, que depuis qu'elle était sa maîtresse.

Est-ce parce qu'il était turc, eux russes ou italiens ? Jusqu'au Persan qui s'était toujours méfié !

Est-ce simplement parce qu'il était Adil bey ?

En tout cas, chaque fois qu'il avait essayé de vivre, ce qu'il avait toujours appelé vivre, il s'était heurté lourdement à des murs.

Si bien que, sans même le vouloir, il était devenu inerte, autant, peut-être plus que ceux qui l'entouraient. C'était facile ! On y arrivait de soi-même ! On emportait sa solitude partout, même quand on allait chez les gens, chez Pendelli comme dans les bureaux du département étranger.

C'était un nuage protecteur dans lequel on marchait, le visage fermé.

Comment n'avait-il pas compris dès le premier jour qu'ici chacun était cadenassé de la sorte ? John se renfermait à coup d'alcool. Les Pendelli étaient retranchés à double tour dans leur confort bourgeois qu'ils étaient capables de transporter jusque dans le désert.

Et Sonia ! Et Koline ! Est-ce que Koline, quand il rentrait chez lui, avait une intimité quelconque avec sa femme ?

Au restaurant coopératif, chacun mangeait dans son coin avec ses pensées bien à l'abri du front. Et la foule ? Est-ce que seulement c'était une foule qui venait faire demi-tour près du petit homme noir et de la mappemonde ?

Il était comme les autres, voilà tout ! Il avait son coin d'où, maintenant, il regardait les gens avec la méfiance d'un animal solitaire.

Ils pataugeaient toujours, John et lui, dans la nuit mouillée et, quand ils atteignirent le bar, il y avait encore trois filles tapies sur un seuil. L'Américain les salua familièrement de la main.

— Vous les connaissez ?

On pouvait encore parler, et même jouer au bridge, mais sans y croire, chacun pour soi.

C'était un beau décor, bien lugubre, comme Adil bey commençait à les aimer : l'enseigne lumineuse qui éclairait un morceau de rue boueuse, les hachures de pluie, les trois filles qui portaient des bottes en caoutchouc et dont l'eau délayait le maquillage, puis le port noir, quelques lumières de bateaux, John qui s'arrêtait au moment de franchir le seuil et qui regardait Adil bey avec ironie.

Ils devaient être aussi beaux l'un que l'autre, à cette heure-ci, mouillés, les traits tirés, la chair malade d'ennui, avec au fond la sensation d'une lente et fatale dégringolade ! Ils s'épiaient. Ils se méprisaient. John regarda les filles, puis Adil bey.

— Je les connais toutes, déclara-t-il.

Il avait l'air de vouloir regarder à travers les murs de la ville pour désigner une multitude de chambres invisibles.

— Des centaines, Adil bey ! Calculez ! A raison d'une par jour pendant quatre ans...

Il poussa la porte et se laissa retirer son ciré par le valet. Adil bey n'avait pas encore pensé à cela. Il observait son compagnon. Il essayait d'imaginer John s'enfonçant dans les ruelles avec une fille à son bras.

— Vous leur donnez des roubles ?

— Elles préfèrent les dollars, parce qu'avec des dollars elles peuvent aller à Torgsin, où on n'accepte pas l'argent russe et où il y a toujours du pain, et de tout.

— Des centaines ! répéta Adil bey qui n'avait vu que les quelques filles du bar et le petit groupe de la rue.

Ils restaient debout près de la tenture rouge, indifférents à la salle où il y avait quelques marins.

Pourquoi John, comme Pendelli, parlait-il à Adil bey avec cet air de condescendance ?

— Et il y en a des centaines encore, que je ne connais pas, des tas de petites bonnes femmes comme votre secrétaire qui gagnent à peine de quoi manger et qui se mettent du rouge aux lèvres. Du temps de votre prédécesseur, nous étions deux à déambuler la nuit. On se rencontrait parfois, chacun en compagnie, dans la même rue, dans la même maison, dans le même corridor. Cela m'étonnerait que la petite n'y ait pas passé !

La salle était éclairée par le disque jaune de la batterie. Il n'y avait que les nappes des tables à ressortir en blanc dans l'ambiance à peine lumineuse et quand les femmes passaient devant la peau d'âne, le bleu ou le rouge des robes devenait irréel comme des couleurs de vitrail.

— Whisky ?

— Si vous voulez.

John le regardait avec une satisfaction ironique et Adil bey ne se renfrognait même plus, s'absorbait dans la contemplation du disque de lumière jaune.

Est-ce qu'il n'aurait pas pu courir après les femmes

comme l'Américain ? Ou aménager un appartement confortable comme les Pendelli ? L'un et l'autre étaient faciles. Pourquoi ne le faisait-il pas ?

Une voix familière s'exclama, près de lui !

— Bonjour, mon petit Adil !

C'était Nejla, qui riait de sa surprise tout en lui tendant la main.

— Je m'assieds, n'est-ce pas ? Vous êtes en bombe, gros vilain ? Une bénédictine, garçon ! Savez-vous, Adil bey, que je vais avoir besoin de vous, officiellement, en tant que représentant de la Turquie !

John avait un sourire féroce et Nejla le prit à témoin avec la familiarité d'une vieille amie ou d'une complice.

— Vous lui avez raconté ?... Voici, Adil. Vous avez toujours cru que j'étais persane, alors qu'en réalité, quoique née en Russie, je suis turque. Mon grand-père était d'Ankara et s'appelait Ahmed. Il faudra que vous m'aidiez à réunir les papiers nécessaires et que vous m'obteniez un passeport...

— Nous verrons, dit-il en vidant son verre.

Il les regardait mollement, John et elle, et il se demandait si, par exemple, il aurait le courage de danser. Il n'y avait pas un an qu'à Vienne, où la musique était la même, avec un semblable jazz lumineux, il lui arrivait de danser des nuits entières.

Il n'en avait plus envie. Ni de Nejla, qu'il pouvait emmener si bon lui semblait ! Ni des autres femmes qui étaient là et dont deux au moins étaient jolies.

Peut-être qu'au fond il ne s'agissait que d'une très grande fatigue ?

114

— Quand puis-je aller vous voir ?

— Quand vous voudrez.

— Vous avez toujours votre petite souris blanche ?

Il ne comprit pas, la regarda avec étonnement.

— Votre jeune Russe ! précisa-t-elle avec un nouveau regard à John.

— Oui.

— Content ?

— De quoi ?

— D'elle !

Il haussa les épaules avec autant de flegme que John lui-même. Tout cela ne signifiait rien. Elle parlait pour parler et lui n'avait même pas envie de parler. Il était engourdi par l'alcool et par la musique. Il pourrait rester des heures ainsi, mais déjà les garçons débarrassaient les tables.

Ils se levèrent. Nejla voulut prendre le bras du consul, mais il se dégagea posément.

— Vous ne me reconduisez pas ?

— Non.

— Et vous, John ? Vous avez votre voiture ?

— Non.

Il ne leur restait qu'à partir, chacun de son côté. Il n'y avait plus de femmes sur le seuil. Les lampes de l'enseigne s'éteignirent.

Adil bey laissait la pluie ruisseler sur son visage. Il ne regardait pas où il marchait et il avait les pantalons mouillés et boueux jusqu'aux genoux. La mer bruissait à sa droite mais on ne voyait rien, pas même un reflet sur l'eau.

Il connaissait maintenant toutes les rues de la ville

et même les porches où, la nuit, les errants dormaient les uns contre les autres, à même la pierre du sol.

Ces errants aussi, il les connaissait. Il connaissait tout ! Il était entré dans les coopératives, dans les échoppes, dans les bureaux.

Cela ne le regardait pas. Il était consul de Turquie et il n'avait qu'à s'occuper au mieux des affaires de ses ressortissants.

Et pourtant c'était devenu un besoin, une passion. La ville, pour lui, était quelque chose de vivant, un être personnel qui avait refusé d'accueillir Adil bey ou plutôt qui l'avait ignoré, qui l'avait laissé errer, tout seul, comme un chien galeux.

Il la détestait comme on déteste une femme à qui on a fait en vain des avances. Il s'acharnait à découvrir ses tares. C'était une passion triste, sans contrepartie de joies.

— Tout le monde peut travailler. Tout le monde peut manger à sa faim, disait Sonia.

Et justement Sonia était l'incarnation même de la ville ! Elle était froide et secrète comme elle ! Elle acceptait ses caresses comme la foule lui permettait d'errer, le soir, de la statue de Lénine à la raffinerie.

Alors, Adil bey se promenait, soupçonneux, au marché. Il voyait une vieille femme en guenilles qui, pendant des heures, sous la pluie, offrait aux passants trois petits poissons à moitié pourris. Elle ne se décourageait pas. Peut-être d'ailleurs n'avait-elle jamais eu d'espoir ?

— Combien ? lui demandait-il.

Car il s'était procuré une grammaire russe et un dictionnaire, qu'il avait posés sur son bureau avec une arrière-pensée de défi. Il avait appris quelques mots de russe.

— Cinq roubles, camarade.

Un homme de quarante ans, pendant une journée entière, essayant de vendre, une à une, les vingt cigarettes d'une boîte qu'il détaillait.

Adil bey avait un sourire sardonique, parce qu'il pensait aux marins bien nourris, au club de Sonia, à sa robe de satin noir pour le bal de la Flotte et à ses réponses tranquilles, au passeur qu'on avait fusillé. Il se hâtait de rentrer. Il disait, sans même se tourner vers la jeune fille :

— La mer Noire est très poissonneuse, n'est-ce pas ? Dans ce cas, je suppose qu'on trouve du poisson à bon compte.

— A très bon compte.

— A combien ?

— Un rouble ou deux le kilo.

— C'est curieux ! Au marché, je viens de voir vendre trois pauvres poissons pour cinq roubles.

Il savait qu'elle lui jetait un regard inquiet. Il l'entendait froisser des papiers.

— Parce que c'est au marché libre et que nous voulons supprimer le commerce, disait-elle. Mais, à la coopérative...

— A la coopérative, il n'y a pas de poisson ! J'en sors.

— Il y en a souvent.

— Pas même une fois par quinzaine.

— Cela dépend de la pêche.

La première fois, il avait espéré la voir pleurer. Cela l'aurait soulagé, il ne savait pas pourquoi. Il avait tenté l'expérience de lui demander de venir le même soir et elle était venue, docile et calme.

Pourquoi était-elle venue ? Pour mieux découvrir d'autres gens à faire fusiller ? Pour trouver, peut-être, de quoi le faire fusiller lui-même ?

Qu'est-ce que ça pouvait lui faire, à elle, d'être dans ses bras ou dans ceux d'un autre ? Elle n'aimait personne ! Elle allait droit devant elle, raide et orgueilleuse, à pas égaux, avec ses yeux clairs de gamine innocente ou suprêmement perverse qui se fixaient sur tout, gens et choses, sans autre expression que la curiosité.

Il avait fait des tas de découvertes, au cours des journées interminables passées à errer dans la ville. Cela le fatiguait d'autant plus qu'une fois dehors il n'y avait pas de café, pas de maison pour l'accueillir. Des gens, à ses questions, s'éloignaient avec effroi. D'autres répondaient très vite et s'en allaient. Un petit garçon, à qui il avait donné un rouble, reçut, un peu plus loin, une gifle d'un passant qui avait vu et qui jeta le rouble dans le ruisseau.

Quelquefois, comme en cette occasion, Adil bey avait peur ; plus souvent il se faisait l'effet d'un homme qui essaie d'assouvir une passion honteuse.

Pourquoi lui mentait-on ?

Il revenait, hargneux, avec un nouveau butin.

— Il y a trois semaines que personne n'a mangé une pomme de terre à Batum. Pendant ce temps-là, à l'*Hôtel Lénine,* où descendent les hauts fonctionnaires, on sert du caviar frais, du champagne français, des chachliks.

— C'est pour les étrangers.

— Il ne vient pas deux étrangers par an !

— Et vos ministres, à vous, est-ce qu'ils ne mangent pas mieux que les porteurs d'eau ?

Il cherchait en vain à déterminer comment cela avait commencé. En tout cas, le fusillé du Guépéou était le point de départ. Le drame s'était presque passé au consulat. Et l'homme avait hésité à parler devant Sonia ! C'est lui, Adil bey, qui avait empêché la Russe de sortir !

Il aurait peut-être fallu, ensuite, la mettre à la porte. Mais que serait-il arrivé ?

Depuis lors, il tournait autour d'elle, tourmenté, méchant, découragé, avec parfois de douloureuses paniques. Car elle arriverait à le haïr ! Et c'est cette haine qu'il cherchait dans ses yeux, qu'il essayait malgré lui de provoquer.

John croyait qu'il buvait ! Mme Pendelli le félicitait de sa bonne mine et de ses progrès au bridge !

Adil bey poussa sa porte et alluma une bougie, puis il fit les gestes qu'il faisait tous les jours, dans le même ordre. N'était-ce pas cette régularité qui créait une sorte d'intimité pour lui seul et même, parfois, comme un envoûtement ?

Il s'assit d'abord dans le fauteuil et retira ses caoutchoucs et ses chaussures. Après cela, il restait quelques instants, en chaussettes, à regarder les ombres mobiles de la chambre, la flamme de la bougie, la façade d'en face.

Sonia dormait. Son frère aussi. Sa belle-sœur aussi.

Demain, il parlerait du bonhomme de Novorossisk et, les traits tirés, sa secrétaire se débattrait contre l'évidence. Qu'est-ce que Mme Pendelli avait dit, ce soir, un peu avant l'arrivée de John ?

Ah ! oui. Elle parlait de ses vacances en Italie et elle avait remarqué :

— Depuis quatre ans qu'il est ici, John n'a pas quitté la Russie. Vous ne trouvez pas que c'est étrange ?

Puis, regardant ailleurs :

— Il est mieux renseigné que nous sur tout ce qui se passe et jamais il n'a été inquiété.

Est-ce que John en était, lui aussi ? Pourquoi pas ? Voilà que Nejla n'était pas la femme d'Amar, mais une fille de Moscou !

Qu'est-ce que cela pouvait faire après tout ? Il suffisait d'imiter les autres, tout le monde, les gens de la rue, les gens des bureaux et même Koline et sa femme : ne rien dire ! On se fait son terrier. On se crée des habitudes. On arrive même à ne plus penser que par bribes, d'une façon floue, comme on rêve.

Pourquoi, il y a quinze jours, quand Adil bey était allé au service des étrangers, lui avait-on annoncé tout à coup :

— Nous vous avons trouvé une femme de ménage !

Il avait compris avant que Sonia traduisît. Il n'avait pas bronché.

— Merci, s'était-il contenté de dire.

Quant à cette femme de ménage, il ne lui avait pas encore adressé la parole. Elle arrivait le matin. Elle faisait semblant de nettoyer le bureau et elle remplissait le broc d'eau. Jusqu'au déjeuner, elle restait dans la chambre et dans la cuisine, qui étaient aussi sales qu'auparavant.

Quand, l'après-midi, il rentrait à l'improviste, il la trouvait presque toujours chez lui avec d'autres femmes, ou avec un homme, et il feignait de ne pas s'en apercevoir.

Avait-on jugé soudain que Sonia ne suffisait pas à le surveiller ?

Sans quitter son fauteuil, il défit sa cravate et son faux col, calcula qu'il y avait trois semaines exactement qu'il n'avait pas demandé à Sonia de venir le soir.

C'était bien ! La première fois, il n'avait tenu que quinze jours. Mais, quand elle avait été là, avec peut-être de l'espoir dans son sourire, il ne s'était pas attendri. Après une méchante étreinte, il avait déclaré :

— Il faut que je sorte !

Et chaque semaine il avait appris à jouer au bridge chez Pendelli. Mme Pendelli l'aimait bien. Elle répétait volontiers :

— Vous autres, Turcs, vous êtes des gens mystérieux.

Si seulement il avait eu son bromure, il aurait dormi des nuits entières. On le lui avait envoyé d'Istambul. On l'avait appelé dans son bureau et on lui avait montré le paquet de cent grammes qui portait la marque d'une grande pharmacie à côté de laquelle il avait vécu deux ans.

— Que voulez-vous faire de tout cela ?

— J'ai des insomnies. C'est votre docteur qui m'a conseillé le bromure.

— Mais si vous faisiez de l'exercice, une longue promenade avant de vous coucher ?

— Je vous répète que c'est une ordonnance du médecin.

— Il ne vous a pas dit d'en prendre cent grammes.

— En effet, mais j'en ai fait venir une provision.

— Dans ce cas, nous remettrons le paquet au médecin, qui vous en donnera de petites doses à mesure de vos besoins.

Il n'avait pas protesté. Néanmoins, quand le docteur lui avait apporté des sachets contenant un peu de poudre blanche, il les avait jetés dans le poêle. C'était plus prudent !

Il en était quitte pour rester jusqu'à deux ou trois heures du matin dans son fauteuil. Il brûlait juste une demi-bougie. Quand elle était à moitié, il se couchait et éteignait. Le matin, il jetait dans l'évier le thé préparé par la femme de ménage, ouvrait lui-même, comme au début, une boîte de lait concentré.

Des heures durant il se promenait, au hasard. Il allait voir décharger les cargos et, quand on ne l'observait pas, il posait une question, en russe, à une des femmes occupées à ce travail.

— Combien gagne une débardeuse ? demandait-il à Sonia dès son retour.

— Au moins dix roubles par jour.

— On peut vivre avec cela ?

— Mais oui. Surtout qu'elles n'ont pas de frais de toilette.

— Et avec trois roubles ?

Elle hésitait à répondre.

— C'est plus difficile, n'est-ce pas ? Même si on ne porte qu'une robe de coton et un cache-sexe, comme c'est le cas de ces filles ! Eh bien, elles gagnent trois roubles !

— Qui vous l'a dit ?

Il se taisait, tournait en rond dans le bureau. Parfois, il la regardait à la dérobée et il la voyait pâle, étroite d'épaules. Ne savait-il pas que si sa chair était molle, c'était parce qu'elle était mal nourrie, elle aussi ?

Un jour, elle lui avait dit d'une voix mal affermie :

— Adil bey, permettez-moi de vous donner un conseil. Chaque jour, vous ouvrez des boîtes de conserve. Vous mangez une sardine, un peu de thon, ou même vous n'y touchez pas. Cela fait mauvais effet.

— Et si je n'ai pas faim ?

— Cachez-les. Jetez-les vous-même quelque part.

Cette fois-là, elle avait détourné la tête et il avait failli se laisser émouvoir.

— C'est ce qu'ils viennent se partager quand je ne suis pas ici ? avait-il pourtant grogné.

— Qui ?

— Les gens que je trouve dans l'appartement quand je rentre sans avertir.

— Mais non ! Ce sont sans doute des parents de la femme de ménage. Je sais qu'elle a un grand fils.

— Un grand fils qui fouille mes dossiers !

— Qu'en savez-vous ?

— Je l'ai vu.

Elle n'avait qu'une ressource, toujours la même.

— Chez vous, les domestiques ne sont-ils pas curieux ?

Elle était naturellement pâle, mais il était sûr qu'elle le devenait davantage. La dernière fois qu'après avoir tourné pendant une heure autour d'elle, en essayant de résister, il lui avait demandé de le rejoindre le soir, elle avait balbutié :

— Vous y tenez ?

Il avait répondu non. Il y avait trois semaines de cela.

La bougie était à moitié et Adil bey se leva, sans un soupir, passa dans sa chambre et commença à se déshabiller. Il n'avait pas fait mettre de rideaux. Il voyait des gouttes troubles rouler sur la noirceur des vitres. Un vrai ruisseau coulait au milieu de la rue avec le même chant qu'un ruisseau de forêt. En face, la fenêtre n'était qu'entrouverte.

Il se coucha et éteignit. Il resta les yeux ouverts, comme tous les soirs. Il revit Pendelli gavé de joie au point de ne pas bâiller pour donner le signal du départ, gavé de joie parce qu'il partait, le lendemain, à bord de l'*Aventino*.

Ce fut avec le visage de Pendelli qu'il vit l'homme de Novorossisk assis, farouche, près des saloirs qu'il défendait contre les intrus.

Il ne devait pas oublier d'en parler le lendemain à Sonia, mais il était sûr d'avance qu'elle trouverait quelque chose à répondre. Quoi ? Qu'on avait faim ailleurs aussi ? Dans ce cas il lui montrerait des photographies des bazars de Stamboul, avec des milliers d'échoppes croulant sous le poids des victuailles... Avait-elle jamais vu des agneaux entiers tournant, en pleine rue, autour des broches ? Pour quelques piastres on pouvait en acheter plein une assiette !

Combien de fois par mois mangeait-elle de la viande, elle ? Et elle était à l'âge où la femme se forme ! Ses petits seins avaient déjà une tendance à tomber. Sa chair était blanche.

Pourquoi prenait-elle cette attitude catégorique ?

Pourquoi le défiait-elle ? C'eût été si simple d'être de bons amis, de parler franchement, à cœur ouvert !

Et pourquoi le regardait-elle avec curiosité, avec même, lui semblait-il parfois, une pitié à peine voilée, quand il la serrait dans ses bras ?

Il lui arrivait, à lui, d'avoir les yeux embués d'émotion à l'idée qu'ils étaient là, tous les deux, blottis l'un contre l'autre, et elle lui demandait froidement :

— Qu'est-ce que vous avez, Adil bey ?

Tant pis pour elle ! Car cela ne durerait pas !

Elle n'était déjà plus la même. Ses paupières étaient cernées. Elle tressaillait, maintenant, quand elle l'entendait soudain derrière elle. Pour l'hiver, elle portait la même robe noire que l'été, le même chapeau, avec un mince manteau de cheviote qui datait de l'année précédente. Deux ou trois fois il l'avait surprise, au consulat, qui tricotait des gants de laine.

Les femmes du bar étaient mieux nourries. Mais John ne lui avait-il pas dit qu'après deux ou trois mois de service on les renvoyait à Moscou afin d'empêcher qu'elles se fissent des amis ?

On en avait tué une, d'une balle — c'était encore John qui le racontait — parce qu'elle avait fait des confidences à un officier de marine belge. Adil bey avait oublié d'en parler à Sonia. Elle devait le savoir. Elle savait tout. Mais il voulait l'obliger à entendre ces choses-là de sa bouche !

Il y avait des moments où, d'une seconde à l'autre, la pluie redoublait et tombait en cataracte. Le bruit du ruisseau s'intensifiait avec la même instantanéité. Cela durait quelques minutes, un quart d'heure au plus, puis c'était à nouveau la pluie monotone.

La maison d'en face était claire, avec le trou noir d'une demi-fenêtre qu'Adil bey apercevait de son lit.

Sonia était dans ce trou. John lui avait parlé d'elle. Nejla aussi. Tout le monde lui en parlait, comme s'il n'y avait que cette fille pâle dans la ville.

Alors qu'il y en avait des centaines ! Cela aussi, il le savait maintenant.

Quant à Sonia, elle s'épuisait, c'était sûr ! Elle faiblirait avant lui.

Il changea de côté au moment même où il avait l'impression de glisser le long d'une pente rapide et où il s'endormait. Pourtant le crépitement de la pluie le poursuivait, mais il devenait le crépitement de la machine à écrire et la secrétaire, les yeux cernés, achevant de taper une phrase, se tournait à demi en attendant la suite de la dictée.

Il ne fallait pas oublier de lui parler de l'homme de Novorossisk !

8

Le lendemain, il ne dit rien à Sonia de tout ce qu'il s'était promis de lui dire et il ne lui parla pas de l'homme de Novorossisk.

Pendant la nuit, il avait beaucoup transpiré, bien qu'il fût à peine couvert, et cela lui arrivait de plus en plus souvent. Parfois, il se demandait s'il transpirait ainsi jadis. Il cherchait dans ses souvenirs. Mais il ne se rappelait pas avoir eu de ces réveils moites dans des draps amollis.

Ce qu'il ne se rappelait surtout pas, c'était s'être levé plus fatigué que la veille. Or, maintenant, c'était quotidien. Il restait un long moment à regarder devant lui avant de se sentir la force de vivre. Il était laid. Il avait la bouche amère, d'une amertume qu'il ne connaissait pas.

Ce matin-là, il eut des sueurs au front et aux tempes rien que de se lever et de se diriger vers la toilette. Il pleuvait toujours. L'air qui filtrait par une fente de la fenêtre sentait le mouillé. On devinait Mme Koline qui s'habillait, en face, derrière ses rideaux.

Adil bey se contemplait dans la glace en attendant de prendre son broc et de verser de l'eau dans la cuvette. Il fit encore la remarque que sa barbe poussait plus dru qu'autrefois, puis il se dit que c'était impossible et enfin il se rappela que la barbe des morts croît à une vitesse vertigineuse.

Il se moucha, cracha dans son mouchoir. C'est alors, sans transition, que tout changea pour lui, que la panique l'étreignit jusque dans les moelles, le mordit au ventre, lui souleva le cœur.

Il n'osait plus regarder le mouchoir taché de rose. Il se regardait, lui, dans le miroir, peureusement. Il entendait la femme de ménage remuer dans le bureau. Bientôt Sonia entra et les deux femmes parlèrent en russe sans qu'il pût comprendre, car elles parlaient trop vite pour lui. Il devina le sac à main qu'on posait sur la cheminée, le chapeau noir qu'on accrochait, les caoutchoucs retirés.

Quand il entra en pyjama fripé, les pieds nus dans les savates, Sonia sursauta, il s'en aperçut, et cela lui fit plaisir de penser qu'il inspirait la peur.

— Allez tout de suite me chercher le docteur.

— Vous êtes malade, Adil bey ?

— Je n'en sais rien.

Il ne se rasa pas, ne s'habilla pas, ne s'essuya même pas le visage et chaque fois qu'il passait devant la toilette il s'observait à la dérobée. Il fardait son calme un bon moment. Il faisait une dizaine de pas en hochant la tête, les mains derrière le dos, et tout à coup il était pris de la même panique qu'en voyant le mouchoir, ses mâchoires se serraient d'impatience, il fixait la porte comme s'il eût possédé le pouvoir d'en faire jaillir le médecin.

— Mais c'est un médecin russe ! grommela-t-il.

Un peu plus tard, il dit à voix haute :

— On verra bien !

Et il continua dès lors à parler tout seul.

— Il faut le laisser trouver lui-même ma maladie.

Le docteur arriva en même temps que Sonia, qui l'avait rencontré à l'hôpital. Adil bey le fit entrer dans sa chambre, ferma la porte à clef et déclara :

— Examinez-moi.

Il avait un sourire amer en disant cela, comme s'il eût joué un bon tour à son interlocuteur.

— Vous ne vous sentez pas bien ?

— Très mal.

— D'où souffrez-vous ?

— De partout.

— Montrez la langue... Hum !... Mettez votre torse à nu...

Tandis que sa joue était collée à la poitrine d'Adil bey, celui-ci crut qu'il allait crier d'énervement.

— Respirez... Toussez... Plus fort...

Le visage du médecin était grave, mais guère plus que d'habitude.

— Vous êtes sûr que vous n'abusez pas du bromure ?

Adil bey ricana, mais n'avoua pas qu'il n'en avait jamais pris.

— Tous les organes sont fatigués comme si...

— Comme si ?

— Comme si, pendant longtemps, vous aviez abusé de quelque chose, d'un stupéfiant, ou même d'alcool. Vous buvez ?

— Jamais. Qu'est-ce que cela pourrait être d'autre ?

— Je ne vois pas. Vous n'avez aucune douleur localisée ?

Méprisant, Adil bey lui montra son mouchoir.

— Voilà ce que j'ai ! laissa-t-il tomber.

Contrairement à son attente, le médecin regarda le mouchoir sans grand intérêt.

— C'est la première fois que cela vous arrive ? C'est curieux, mais cela ne prouve pas que vous soyez tuberculeux. A l'auscultation, je ne vous trouve rien aux poumons, mais si vous voulez être rassuré, vous n'aurez qu'à passer à l'hôpital pour qu'on vous radiographie.

Pourquoi le docteur saisit-il le verre d'eau qui était sur la table de nuit ? Il le regarda, renifla, se tourna vers Adil bey qui ne s'était pas rhabillé, haussa les épaules.

— Qu'est-ce que vous m'ordonnez ?

— Avant tout, de supprimer le bromure. Vous prenez vos repas ici ? C'est votre femme de ménage que j'ai aperçue en passant ?

Et il regardait à droite et à gauche d'un air intrigué, mécontent. Adil bey ne le quittait plus des yeux. Il devinait. Il attendait un mot qui ne venait pas.

— Vous pensez que c'est la nourriture ?

— Je n'ai pas dit cela. Il n'y a pas de raison pour que ce soit la nourriture.

— Alors quoi ?

— Venez me voir à l'hôpital. Je pourrai vous examiner plus sérieusement.

— Vous ne voulez pas dire ce que vous pensez ?

— Je ne pense encore rien.

Il mentait. La preuve, c'est qu'il se retirait si précipitamment que sa main ne trouvait pas le bouton de la porte. Et pourtant, dans le bureau, il s'arrêta pour regarder Sonia et la femme de ménage.

— A l'hôpital !... répéta-t-il à Adil bey qui le suivait.

Des visiteurs attendaient. Sonia leva la tête et demanda :

— Vous recevrez aujourd'hui ?

— Oui.

Il dit ce oui comme il eût proféré une menace. Il s'habilla avec des gestes volontairement précis, sans cesser de s'épier dans le miroir. Un peu plus tard, il s'asseyait à son bureau et il prononçait :

— Au premier !

Il n'avait jamais été aussi catégorique.

— Vous dites que votre fille a disparu et vous croyez que c'est un Turc qui l'a enlevée ? Je n'y peux rien, madame. Je ne suis pas ici pour rechercher les filles qui se font enlever. Au suivant !

En même temps, il écoutait les bruits que faisait la femme de ménage dans sa chambre et son regard pesait sur Sonia. Rien ne pouvait lui échapper. Il se sentait des antennes. Il observait la peau de sa secrétaire, qui était aussi pâle que la sienne. Mais ce n'était pas la même pâleur ! D'ailleurs, elle avait la peau sèche, tandis qu'Adil bey, au moindre mouvement, même quand il ne faisait pas chaud, devenait moite.

Sonia écrivait. Deux ou trois fois, elle leva la tête vers lui et il sentit nettement que ce n'était pas naturel, que chaque fois ce geste était précédé d'un effort.

Comment faisait-il pour penser, observer et pour entendre malgré tout ce que les gens racontaient ? Il coupait court aux longues explications.

— En quelques mots, je vous prie !

Si bien que le bureau était déjà vide à onze heures.

— Qu'avez-vous fait, hier au soir ? demanda-t-il brutalement à Sonia.

Elle hésita, peut-être surprise par le ton de la question.

— Je suis allée au club.

— Et après ?

— Que voulez-vous dire ?

— Où avez-vous dormi ? Chez vous ou chez un camarade, comme vous dites ?

— Chez un camarade.

Elle le fixa, prête à soutenir son regard, mais ce regard glissa comme de l'eau et alla se perdre dans la grisaille de la fenêtre.

— Vous pouvez disposer.

— Il n'est pas l'heure.

— Je vous dis que vous pouvez disposer ! cria-t-il. Et je n'aurai pas besoin de vous cet après-midi.

Il entra dans sa chambre, revint une minute après tandis qu'elle mettait son chapeau.

— Vous n'êtes pas encore partie ?

Elle ne répondit pas. Il la vit s'éloigner, les épaules étroites, la silhouette déformée par les bottes en caoutchouc.

— Si vous aviez besoin de moi... commença-t-elle, une fois à la porte.

Mais elle se tut en voyant que ce n'était pas la peine de parler.

Adil bey chercha le mot poison au dictionnaire, puis le mot empoisonnement, puis intoxication, et chaque fois il répétait rageusement :

— Imbécile !

L'imbécile, c'était le dictionnaire, ou celui qui

l'avait fait, car les articles sur les poisons et l'empoisonnement n'expliquaient rien. Il chercha strychnine, arsenic, et dès lors il essaya de définir l'arrière-goût qu'il avait presque toujours à la bouche.

N'était-ce pas cette amertume dont on parlait ?

Qu'on l'empoisonnât lentement, c'était certain. Depuis quand ? Il n'en savait rien, peut-être depuis son arrivée ! N'avait-on pas empoisonné son prédécesseur ?

Des détails lui revenaient à la mémoire. Il se rappelait des nausées qu'il avait mises sur le compte des conserves. Mais pendant la guerre ne s'était-il pas nourri de conserves parfois avariées sans en être malade ?

Ce n'était même pas malade qu'il était ! C'était pis ! Il perdait son énergie, petit à petit. Il devenait flasque et veule. Le matin, quand il se regardait dans le miroir, il se dégoûtait lui-même.

C'était l'arsenic ! Ou autre chose, mais un poison ! Le docteur le savait si bien qu'il avait tout de suite parlé du bromure et qu'il avait reniflé le verre.

Adil bey le fit à son tour, ne remarqua rien, ou plutôt ne fut pas sûr de son odorat. Car il lui arrivait maintenant de sentir beaucoup plus d'odeurs que d'habitude. Il sentait sa propre peau et il croyait percevoir un relent amer.

— Voilà ! gronda-t-il. C'est mieux ainsi.

Du moins, il savait ! Il allait agir ! Il marchait à travers l'appartement en prononçant des bribes de phrases. De temps en temps il regardait la fenêtre d'en face avec défi. Son regard tomba sur le téléphone.

A qui pourrait-il téléphoner ? Les Pendelli étaient

occupés à faire leurs bagages et dans une heure leur maison serait vide.

A John ? L'Américain l'écouterait en l'observant de ses yeux troubles et en buvant du whisky. Pourquoi, comme disait Mme Pendelli, était-il à Batum depuis quatre ans sans prendre un seul congé et sans même parler de départ ? Pourquoi les Soviets le laissaient-ils si libre, alors que tous les étrangers étaient surveillés minute par minute ?

— Allô ! Donnez-moi l'hôpital !

Il téléphonait au docteur, comme ça, pour voir.

— C'est vous, docteur ? Ici, Adil bey. Non, je ne vais pas plus mal. Dites-moi, est-ce que je vous ai parlé ce matin de transpirations abondantes ? Je n'y ai pas pensé. Cela dure depuis quelques semaines. Et aussi une sorte d'angoisse permanente, comme si le cœur menaçait de s'arrêter d'un moment à l'autre. Laissez-moi finir ! Je sais ce que je dis. Mon prédécesseur est mort d'un arrêt du cœur, n'est-ce pas ? Oseriez-vous affirmer que ce n'était pas à la suite d'un lent empoisonnement par l'arsenic ?

Il ne comprit rien à la réponse. Le docteur devait être agité, à l'autre bout du fil, et on entendait d'autres voix que la sienne, à l'arrière-plan. Sans doute conseillait-il à Adil bey de ne pas s'inquiéter, d'attendre la radiographie, quelque chose dans ce genre-là, mais c'était d'une voix qui ne lui était pas habituelle.

Adil bey raccrocha, satisfait, avec l'impression qu'il l'avait eu. Car, maintenant, il fallait les avoir ! Qui ? Tous !

Avant tout, il devait rester calme. Il était calme ! Il alla même admirer son calme devant la glace, puis il ouvrit lentement une boîte de lait condensé qui constitua son déjeuner.

— Reste à éliminer le poison !

Il ne savait pas au juste comment. Le grand air devait être bon, et l'exercice. Il mit son imperméable, ses caoutchoucs et sortit, marcha pendant trois heures. Il marchait avec application, d'un pas égal, malgré sa fatigue. Il transpirait encore. Son pouls était rapide. De temps en temps, il s'arrêtait n'importe où, au beau milieu d'une rue, pour reprendre haleine, et les gens le regardaient curieusement.

Cela lui était parfaitement égal ! On pouvait le regarder. Il savait, lui, ce qu'il faisait.

Il pleuvait toujours. L'eau dégoulinait, noirâtre, le long des rues non pavées où il y avait des trous, des tas de terre ou de pierraille et parfois une charrette abandonnée, ou une barrique vide, ou encore des vieilles planches.

Il dut contourner un cheval mort dont la peau mouillée, luisante, mettait en relief chaque os de la carcasse.

Sur les quais, il y avait encore quelques passants, mais on ne travaillait pas et les bateaux semblaient abandonnés à jamais dans le brouillard d'eau qui les enveloppait.

Il vit les Pendelli, de loin, qui montaient l'échelle de coupée de l'*Aventino*, un petit navire noir et blanc. Le capitaine portait la petite Pendelli et le consul marchait le dernier, avec effort, sa main grasse se raccrochant à la lisse mouillée.

Quant à la mer, elle n'avait pas l'air d'être la mer, ni rien. C'était une grisaille sans fond, un vide qui exhalait un souffle humide. Il n'y avait même pas de vagues au bord, pas de clapotis dans le bassin. C'était plat comme une mare, avec des milliards de petits ronds que dessinaient les gouttes de pluie, des milliards de milliards, jusqu'à l'horizon, jusqu'en Turquie, peut-être plus loin encore ?

L'imperméable tenait chaud. Les caoutchoucs, aux pieds, étaient lourds. Dans une flaque d'eau, un filet de liquide avait passé par-dessus, s'était infiltré et la chaussette était mouillée.

Le bar était fermé, comme toujours à cette heure. Les fenêtres de la maison des syndicats étaient ouvertes, mais on ne voyait que deux ou trois silhouettes errer dans les salles vides. Parfois une femme, une de celles qui travaillaient à décharger les bateaux, passait, pieds nus, un sac sur la tête en guise de chapeau.

Dans les rues, c'était le vide encore. Il y en avait peut-être cinquante, de rues, enchevêtrées, dont Adil bey ne savait pas le nom, des rues étroites, sans pavés, la plupart sans trottoir, bordées de grandes maisons qui semblaient abandonnées, car elles n'avaient jamais été repeintes, les vitres manquaient aux fenêtres, des corniches pendaient et l'eau dévalait des gouttières cassées.

Chaque maison avait son porche béant, mouillé.

On devinait des gens, dans les pièces. Mais que pouvaient-ils faire ? Oui, que faisaient-ils dans toutes ces chambres, parmi les lits et les matelas étendus par terre ? Les femmes ne cuisinaient pas, puisqu'elles n'avaient rien à cuisiner. Elles ne cousaient pas non plus, ou guère, car elles portaient toujours la même robe.

Ils attendaient ? Mais quoi ? que les heures passent,

comme Adil bey, quand il était tout seul dans sa chambre ?

— Il ne faudra plus boire d'eau.

Il dit cela tout haut, puis haussa les épaules, car il avait lu que l'arsenic a un goût amer, même à très petite dose. Il ne pouvait en prendre dans l'eau sans s'en apercevoir. Or, il ne buvait pas le thé préparé par la femme de ménage et il ne prenait jamais de café.

Il se retrouva près du cheval mort qu'il regarda avec étonnement. Il ne se savait même pas dans ce quartier-là.

N'était-ce pas assez pour aujourd'hui ? Il devait ménager ses forces. Il fallait surtout garder son sang-froid. Tout était là ! Et du sang-froid, il en avait. C'est à peine si, pendant sa promenade, il avait eu trois fois la sensation de panique. C'était involontaire. C'était physique. Cela le prenait aussi bien quand il pensait à autre chose, comme une douleur, mais sans être une douleur, tout au fond de lui-même, à un endroit indéterminé, et aussitôt les muscles, répondant à un appel mystérieux, se rétractaient, y compris ceux des mains, des narines, des orteils.

— Allons !... disait-il.

Cela passait. Il se parlait un peu.

— Sonia doit être inquiète...

Il l'avait renvoyée pour le restant de la journée, sans un mot d'explication. Après la visite du médecin, il ne lui avait rien dit, pas un mot sur son état de santé. Etait-ce elle qui avait empoisonné le consul précédent ?

— Il faudrait savoir s'il a eu, à un moment donné, la même femme de ménage que moi.

Voilà comment il pensait, calmement, et il marchait

à pas réguliers. Mme Pendelli avait raison de dire qu'il deviendrait un très fort joueur de bridge.

Et pourtant il était tout seul ! Seul chez lui ! Seul dans la ville ! Seul partout ! Le consulat d'Italie était vide ! Le consulat de Perse était vide !

Il restait seul, lui, Adil bey, au milieu de la ville mouillée, pleine de gens tapis derrière les fenêtres qu'éborgnaient des cartons collés en guise de vitres.

— D'abord commencer une inspection minutieuse de l'appartement et noter la place exacte de chaque objet, avec au besoin des points de repère...

Il n'avait pas de maladie de cœur, comme il l'avait pensé pendant un certain temps, mais c'était l'arsenic qui avait détraqué l'organisme. Du moment qu'il n'était pas mort, il éliminerait cet arsenic-là ! Il s'agissait simplement de ne plus en prendre.

Il monta l'escalier en s'essoufflant à peine, vit la femme de ménage dans le corridor, près du robinet, en compagnie de deux commères, et toutes trois le regardèrent passer sans mot dire, sans le saluer, sans manifester d'une façon quelconque que les uns et les autres étaient voisins. Exactement, en somme, comme cela se passerait chez les bêtes ! Et encore les bêtes se reniflent-elles en passant !

C'était ainsi partout. La femme de ménage ne lui disait pas bonjour le matin et, le soir, il ne savait pas quand elle partait. Elle était chez lui. Elle travaillait pour lui, il la payait. Mais c'était sans importance ! Elle venait, elle faisait ce qu'il lui plaisait de faire dans l'appartement et elle s'en allait.

Des voisins qu'il avait rencontrés des centaines de fois défilaient, amorphes, le frôlaient, le bousculaient sans un signe d'intelligence !

Chacun dans son coin, lui comme les autres dans un coin encore plus isolé que les autres, en face d'un autre coin où il regardait vivre les Koline comme il aurait regardé des poissons dans un aquarium !

Seulement, dans son coin à lui, quelqu'un glissait insidieusement de l'arsenic, quelqu'un qui vivait quelque part dans la ville, qui marchait, qui respirait, qui entrait dans la maison et qui avait décidé qu'il mourrait dans un temps déterminé.

Au fait, quel délai lui avait-on accordé ? Car c'était dosé ! La personne à l'arsenic savait de lui quelque chose qu'il ignorait, la chose la plus mystérieuse qui soit : la date de sa mort !

Et cette personne-là le voyait grossir, mais d'une mauvaise chair molle. C'était Mme Pendelli qui avait remarqué qu'il grossissait. Or, chez Pendelli, il prenait le café turc toutes les semaines. On le faisait spécialement pour lui.

Il ne pouvait pas soupçonner Mme Pendelli mais, en bonne logique, rien n'empêchait que ce fût elle.

... Et même elle pouvait très bien aller en Italie pour ne pas être là quand il mourrait !

Pourquoi, au surplus, ne s'en prenait-on qu'au consul de Turquie ? Pourquoi n'empoisonnait-on pas Pendelli aussi ? Et pourquoi n'avait-on pas empoisonné Amar qui, pourtant, volait les Russes ?

Adil bey était entré dans son bureau et il regarda Sonia qui était debout avec de gros yeux chargés de pensées, de tant de pensées qu'il se demanda un moment ce qu'il y avait d'anormal dans l'air.

Parbleu ! C'était qu'elle fût là, puisqu'il lui avait dit de ne pas revenir de la journée !

Elle était gênée ! Elle l'observait avec inquiétude !

— Vous êtes tout mouillé, dit-elle.

Elle avait son manteau sur le dos, ses bottes de caoutchouc luisant. Elle n'avait pas dû retirer son chapeau.

— Que faites-vous ici ?

Elle hésita, sans détacher de lui le regard de ses yeux clairs.

— Je voulais savoir si vous n'alliez pas plus mal.

— Vraiment ?

Son regard était d'une intensité gênante. Elle ne l'avait jamais regardé ainsi. Il crut un moment, tant elle était tendue, qu'elle allait se jeter dans ses bras.

— Eh bien ! maintenant, vous pouvez partir.

Elle resta encore un moment immobile. Ses deux mains tenaient le fermoir de son sac. Son cou mince tranchait avec le noir de ses vêtements.

Il allait passer, entrer dans sa chambre. Sonia se détendait. Elle était prête à se diriger, elle, vers la porte. Les deux mouvements étaient déjà commencés. Rien ne devait logiquement les interrompre quand Adil bey fit un geste si brusque, si rapide, que tous deux en demeurèrent figés par la stupeur.

Et Adil bey regardait, dans ses mains grasses, le sac de Sonia qu'il venait de lui arracher. Elle le regardait aussi. Elle attendait. Bien qu'il fixât toujours le sac, il voyait sa poitrine, son sein qui palpitait à une cadence rapide sous le tissu de la robe. Cela lui rappela un faisan qu'il avait atteint d'une pierre, en Albanie, et qui palpitait ainsi entre ses mains : un tic-tac affolé de montre dans de la plume.

Il ouvrit le sac, gauchement.

9

Dans la doublure de soie usée du sac, il y avait un stylo de mauvaise qualité, un mouchoir, une houppette à poudre, deux clefs, quelques roubles en papier.

Sonia était debout près d'une chaise et, tandis qu'Adil bey remuait ces objets, elle s'assit, d'un mouvement si insensible qu'elle parut se laisser glisser. Il regardait maintenant une photographie de lui qu'il venait de trouver et dont il ne se souvenait pas. C'était à Vienne, près du club de tennis. En complet de flanelle grise, la raquette à la main, il s'appuyait du coude à une petite auto de sport que pilotait la fille d'un fonctionnaire des Affaires étrangères. Ils étaient gais, tous les deux, et ils guettaient l'objectif avec un léger sourire.

Il y avait des tulipes dans un parterre sur lequel se profilait l'ombre du frère de la jeune fille, qui maniait l'appareil. C'était si éloquent qu'on devinait, à cette ombre, à ces sourires, les mots :

— Ne bougez pas !

Puis les rires, après le déclic, l'auto en marche, la partie de tennis sur la cendrée rouge.

Sonia attendait. Et Adil bey, sans un mot, après avoir posé la photographie sur le bureau, sortit du sac un petit tube de verre qu'il mit à côté de l'épreuve.

Pourquoi, machinalement, referma-t-il le sac et le tendit-il à la jeune fille ? Il n'en savait rien. Il respirait bruyamment, à longs traits. Deux fois il marcha jusqu'à la fenêtre avant de se camper devant Sonia toujours assise.

— Eh bien ?

Elle le suivait du regard, les pupilles contractées, le visage blanc, les traits aigus.

Lui ne savait que faire. Il disait : « Eh bien ? », mais il n'espérait pas de réponse. Il prit le tube sur la table. Il n'avait pas besoin d'en renifler le contenu pour savoir que c'était cela.

Est-ce qu'il pouvait se fâcher, crier, gémir, menacer ? Elle ne bougeait même pas. Elle ne pleurait pas. Elle restait là, docile, peut-être indifférente, avec son museau blanc et les deux petits points sombres de ses pupilles.

Dix fois il fut sur le point de parler et dix fois il y renonça parce que les mots n'étaient pas à la hauteur des circonstances. Il avait besoin de détente. Il lui fallait faire quelque chose. Inconsciemment, il cherchait autour de lui une inspiration et ce fut l'encrier qu'il commença par lancer par terre.

— Combien de temps me restait-il à vivre ? arriva-t-il enfin à articuler.

Rien que ces mots-là cristallisaient son émotion, lui rappelaient qu'il avait failli mourir et il fixait Sonia avec plus de désespoir que de haine, comme un malade ou un grand blessé.

— Répondez !

Le regard de la jeune fille ne quittait pas Adil bey, tandis que tout son être gardait une immobilité rigoureuse.

— C'est vous qui avez empoisonné mon prédécesseur, avouez-le ! Je serais mort comme lui, un de ces jours.

Il soufflait, serrait les poings, enrageait surtout de la voir impassible.

— Mais parlez, dites quelque chose, n'importe quoi ! Vous m'entendez ? Je vous dis de parler !

Il était prêt à la secouer, peut-être à la battre. La porte s'ouvrit. La femme de ménage traversa le bureau pour gagner la cuisine.

— Ordonnez-lui de s'en aller. Je ne veux plus la voir aujourd'hui.

Et Sonia parla. Tournée vers la femme de ménage, elle lui répéta l'ordre, en russe, de sa voix habituelle.

Ils durent attendre le départ de la domestique. Sonia avait repris sa pose figée. Adil bey voyait l'eau dégringoler le long des vitres et se sentait sans énergie.

— Sonia...

Elle se tourna vers lui. C'était hallucinant d'être regardé ainsi. Et elle ne répondait pas, ni des lèvres, ni d'un tressaillement, d'un simple frémissement de vie prouvant qu'elle était là, avec lui, qu'elle l'entendait, qu'elle pensait à ce qu'il disait. Elle le regardait comme s'il eût évolué dans un autre monde, ou comme si elle l'eût vu très grand ou très petit, en tout cas disproportionné d'avec elle.

— Vous me détestez tant que cela ?

Ces mots qu'il disait malgré lui, lui donnaient

envie de pleurer et il détourna la tête, poussa lentement une pile de dossiers jusqu'au bord du bureau,
la fit basculer. Des papiers s'éparpillèrent dans la
pièce.

— Ecoutez, Sonia ! Il faut que nous prenions une
décision.

Il se retourna soudain, soupçonneux, croyant
qu'elle avait frémi. Mais non ! Elle n'avait pas bougé.

— Je pourrais vous remettre entre les mains de la
police.

Il se tut. Il était arrivé à la fenêtre. Dans la maison d'en face, il apercevait Koline qui venait de rentrer et qui taillait un crayon. Un vieux, qui marchait
avec deux cannes, se traînait dans la rue, si lentement qu'on ne pouvait pas imaginer qu'il atteindrait
un but quelconque.

Est-ce qu'Adil bey n'avait pas parlé de police ?
Que lui dirait-il, à la police ? Qu'on avait voulu
l'empoisonner ?

Il quitta la fenêtre et ses dispositions d'esprit
avaient changé une fois de plus. Campé devant Sonia,
une main sur son épaule — et ce contact lui procu-
rait une émotion aiguë —, il la regardait dans les
yeux, tristement.

— Qu'avez-vous fait, ma petite Sonia ? Ne croyez
pas ce que je viens de vous dire. Vous savez que je
suis incapable de vous dénoncer. Mais il faut que
vous parliez, que vous expliquiez ce que...

Elle avait les lèvres si serrées que la peau en était
blanche et cet étirement, par instants, donnait
l'impression d'un sourire contenu, d'un rire prêt à
fuser.

— Vous ne voulez pas ? Vous continuez à vous taire ?

Il la lâcha. Sa voix monta d'un ton, de deux tons.

— Evidemment ! Pour ce que vous pourriez me dire ! Quand je pense que vous me rejoigniez le soir, que je vous serrais dans mes bras, que je vous appelais ma petite Sonia chérie... Car je vous aimais, je peux vous le dire maintenant ! Ce n'était pas tant l'étreinte que je voulais. Hélas ! le reste m'échappait et je me demandais en vain pourquoi, alors que vous, semaine par semaine, jour par jour, vous avanciez ma mort...

Il en étouffait. Il avait besoin de mouvement, d'éclat et, passant près du mur, il y lança un violent coup de poing.

— Voilà ce que vous faisiez pendant que toute ma vie gravitait autour de votre personne !

Il ne l'avait jamais si bien senti. Il ne s'en était même jamais rendu compte. Pourtant c'était vrai, d'une vérité aveuglante !

Qu'avait-il fait depuis qu'il était en Russie, sinon tourner autour de Sonia, essayer de comprendre Sonia, se rapprocher de Sonia ?

Et aussi, parfois, la détester ! Tenter de la faire souffrir ! C'était de l'amour ! Il en décidait ainsi ! Quand il errait dans les rues, hargneux, fureteur, c'était pour rentrer lui dire :

— J'ai encore vu des gens manger des ordures à même le ruisseau.

Ne le faisait-elle pas souffrir, elle, quand elle passait sa soirée à la maison des syndicats où il les savait tous, jeunes gens et jeunes filles, à vivre dans l'intimité et à s'exalter ? Même quand elle rentrait chez elle, il enrageait. Et quand elle allait prendre son bain, nue comme ses compagnes !

Il ricana :

— Des heures durant je vous observais pour essayer de vous comprendre. Je faisais mieux : comme un petit jeune homme, il m'arrivait de vous regarder par la serrure de ma chambre, afin d'être sûr de vous voir au naturel ! Au fait, dans quoi mettiez-vous l'arsenic ? Car c'est de l'arsenic, je suppose ?

Il prit le tube, le déboucha, le reboucha, faillit le lancer dans le poêle, et Sonia suivait toujours ses moindres mouvements du regard.

— C'est par ordre que vous faisiez cela ? Répondez ! Vous ne voulez rien dire ? Vous avez peur de vos collègues du Guépéou ? Oh ! je n'ignorais pas que vous aviez dénoncé mon passeur de frontière ! Je ne vous en ai même pas parlé, car je pensais qu'au fond c'était votre devoir...

Il avait des alternatives de lassitude et d'énergie, mais c'était la lassitude qui l'emportait, une lassitude telle qu'il était tenté de se coucher par terre. Il parlait d'une voix plaintive. Il espérait toujours. Il se disait :

— Elle va fondre. Elle va parler...

Puis, déçu, il criait, s'agitait, envoyait plus loin, d'un coup de pied, les papiers qui jonchaient le plancher.

— J'avais fait des tas de projets... Souvent je me disais que je vous emmènerais en Turquie et je nous voyais tous les deux le long du Bosphore...

Ses paupières picotaient, mais il ne voulait pas pleurer.

— Je crois que j'aurais fait pis... Je serais resté ici, au besoin... J'aurais... je ne sais pas ce que j'aurais fait...

Le poing sous le nez de Sonia, il hurla :

— Saleté !

Et, comme elle reculait imperceptiblement :

— Tiens ! Tu as peur des coups ?

Ses deux pattes sur les épaules de la jeune fille, il la secoua en répétant :

— Saleté de saleté !

Elle ne bronchait pas. Sa tête allait de gauche à droite, d'avant en arrière au gré des saccades qu'il imprimait aux épaules, mais les yeux restaient fixes, les lèvres serrées.

— Sonia... Dis quelque chose !... Sinon, je crois que c'est moi qui finirai par te tuer... Tu entends ?... J'en suis capable... Je suis à bout...

Il pleurait en parlant. Etait-ce pleurer ? Il avait la poitrine trop pleine et sa gorge se gonflait, ses lèvres s'avançaient dans une moue de dégoût.

Il n'avait plus l'énergie de la secouer. Il l'avait lâchée. Il avait reculé d'un pas. Et voilà que ses yeux s'écarquillaient en fixant, sur la joue de Sonia, une trace luisante. Il n'y croyait pas encore. Il voulait être sûr. Il le fut quand la paupière se gonfla à nouveau, lentement, et qu'une goutte liquide parut, hésitante, suivit enfin le sillon de la première.

— Sonia !

Il était bouleversé. Il voulait lui reprendre les épaules. Mais, comme il s'approchait, elle se leva, une expression de terreur dans les yeux.

— Laissez-moi !

Elle cherchait une issue. Elle se précipita vers la porte, parvint à l'ouvrir avant qu'il l'eût rejointe.

— Sonia !

Elle courait dans le corridor. Il courut plus vite, la saisit au moment où elle s'engageait dans l'escalier.

— Laissez-moi ! répéta-t-elle.

— Venez... Je ne vous lâcherai pas...

Quelqu'un les vit, du haut de l'escalier, mais cela lui était égal. Il poussa la jeune fille dans le bureau, ferma la porte à clef.

— Pourquoi pleurez-vous ?

— Je ne pleure pas.

C'était presque vrai. Elle avait reconquis son calme, sans que la trace luisante fût effacée.

— Vous avez pleuré. Vous avez encore envie de le faire. Je veux que vous me disiez...

— Je n'ai rien à dire...

— C'est cela ! Vous empoisonnez mon prédécesseur. Vous essayez de me tuer de la même manière, tout en étant ma maîtresse. Et quand je vous demande des explications, vous n'avez rien à dire ! C'est admirable ! C'est un monument d'inconscience ou de cynisme ! C'est... c'est...

Il devait être ridicule à s'agiter de la sorte, à crier n'importe quoi, tout ce qui lui passait par la tête. Elle sourit. Les coins des lèvres se retroussèrent l'espace d'un quart de seconde, puis elle se jeta dans le fauteuil, la tête dans les mains, les épaules secouées.

Est-ce qu'elle riait ? Est-ce qu'elle pleurait ? Adil bey la regardait avec méfiance, évitant de s'en rapprocher.

— Sonia ! Levez-vous ! Je veux voir votre visage...

La nuit tombait, mettait comme de la suie dans l'air.

— Je sais ! Je suis idiot ! J'ai toujours été idiot, n'est-ce pas ? Idiot de vous aimer ! Idiot quand je vous serrais dans mes bras et que je m'attendrissais au point d'en avoir les larmes aux yeux ! Idiot quand j'étais jaloux ! Et idiot donc, quand je me regardais dans la glace, inquiet de ne pas me sentir assez d'énergie...

— Taisez-vous ! supplia-t-elle à travers ses mains jointes.

— Parce que je dis la vérité ? J'ai failli me taire pour toujours et je vous imagine très bien, dans ce même bureau, avec mon successeur, puis le soir dans ma chambre.

Elle montra son visage, d'un mouvement si imprévu qu'il en fut dérouté.

— Je vous dis de vous taire !

Il n'avait jamais pensé qu'on pût être pâle à ce point et surtout il ne croyait pas qu'un visage pût changer autant en quelques secondes.

Ce n'était plus la même Sonia. Les yeux étaient plus gros, les paupières mouillées. Le nez était devenu flou, gonflé aux ailes, et les lèvres, si tirées, si roides tout à l'heure, formaient deux bourrelets rouges, saignants.

Elle n'était pas belle ainsi et pourtant il gémit, honteux :

— Sonia...

— Non. Laissez-moi partir.

Elle n'avait pas la coquetterie de se cacher. Elle respirait à peine.

Machinalement, elle chercha son sac pour y prendre un mouchoir et ce fut machinalement aussi qu'Adil bey lui tendit le sien.

— Merci.

— Nous allons causer, Sonia. Il faut d'abord que vous vous calmiez.

Elle ne se calmait pas, au contraire ! Elle commençait une nouvelle crise. Elle pleurait comme une enfant, en contractant tous les muscles du visage et de temps en temps sa bouche cherchait en vain à happer une gorgée d'air. Elle étouffait. Cela faisait mal à voir. Adil bey essayait de lui prendre une main, puis l'autre, ou de lui caresser le front.

Elle le repoussait. Elle balbutiait, la bouche déformée :

— Laissez-moi !

A certain moment, elle étreignit ses propres mains si fort que les doigts devinrent livides.

— Je vous en supplie, Sonia !

Il avait peur qu'elle tombât malade. Ce n'étaient pas des larmes comme les siennes, ni comme celles qu'il avait déjà vues. C'était plus tragique, c'était tout le corps qui pantelait, qui s'étirait, se repliait sur lui-même.

Elle ne voulait pas être consolée. Elle le repoussait avec, parfois, de la haine dans les yeux.

— Vous ne pouvez pas continuer ainsi, Sonia ! Il faut vous calmer. Cela vous soulagera de parler.

Il tremblait d'énervement. Dans la maison d'en face, Mme Koline tirait les rideaux, sans doute parce qu'elle allait allumer la lampe.

— Je vous ai peut-être dit des choses méchantes, Sonia, des choses injustes. Vous n'avez pas essayé de m'empoisonner, j'aurais dû le savoir, et ne pas douter de vous...

Encore une fois, un embryon de sourire parut au fond des larmes. Sonia se calmait un peu, le regardait avec une expression étrange, où il y avait surtout de la pitié.

— C'est cela ? Je me suis trompé ? Parlez ! Je vous croirai ! Je vous jure de croire tout ce que vous me direz. Je vous aime trop ! Vous ne comprenez pas... J'avais l'air d'errer seul dans le vide... Vous l'avez pensé... En réalité, c'était autour de vous que je tournais... Vous étiez le centre, le noyau...

— Taisez-vous, dit-elle d'une voix changée.

Elle allait mieux. Elle était abattue, certes. Elle parlait d'une voix basse, mais calme de malade.

— Pourquoi voulez-vous que je me taise ? J'ai tort ?

— Oui.

— Tort de vous aimer ?

— Oui.

Elle avait d'épaisses paupières rouges et du rouge aussi, presque violacé, aux pommettes.

Pour être plus près, il s'était agenouillé par terre et il lui tenait les jambes. Ainsi, elle le regardait de très loin, de très haut, d'une autre sphère, eût-on dit.

— Vous n'avez pas fait ça, Sonia !

— Je l'ai fait, dit-elle tout bas.

— Mais pourquoi ?

— Vous ne pouvez pas comprendre.

— Je vous assure que je comprendrai. Il ne faut

plus vous taire. Laissez-moi vous questionner. Mon prédécesseur ?...

Elle battit affirmativement des paupières, avec un pâle sourire où il y avait pourtant une pointe de moquerie.

— Et moi ? Vous avez commencé tout de suite ? Non ? Quand vous êtes devenue ma maîtresse ? Pourquoi avez-vous accepté ? Vous ne m'aimiez pas ?

Elle secoua la tête, respira profondément, leva les bras avec découragement :

— Cela ne sert à rien, soupira-t-elle.

— Quoi ?

— Que nous parlions. Laissez-moi partir. Pensez ce que vous préférez penser. Retournez dans votre pays.

Elle vit les yeux d'Adil bey redevenir fixes, méchants. Elle sentit qu'il allait s'agiter à nouveau, crier, casser quelque chose et elle porta la main à son front, supplia :

— Non, restez calme !

— Je vous écoute.

— Asseyez-vous en face de moi. Ne cherchez pas à me toucher.

Ils se voyaient à peine, car l'obscurité était presque complète, mais il y avait dans la chambre le reflet des fenêtres d'en face qui étaient éclairées. On entendait l'eau dévaler d'une gouttière. Il y avait aussi de plus grosses gouttes qui tombaient à intervalles réguliers sur un auvent de zinc.

— Eh bien ! Sonia ?

— Vous n'avez rien compris ?

Il la sentait toujours sur le bord de la crise, mais elle se raidissait, se forçait à sourire.

— Vous êtes sorti avec John, je pense ?

— Je ne vois pas le rapport.

— Votre prédécesseur passait ses nuits à peu près de la même façon que lui. Il buvait, au *Bar*. Après, dans la rue ou ailleurs, il choisissait une femme, n'importe laquelle, une ouvrière, une employée, une gamine ou une mère de famille.

Il la regardait avec un étonnement accablé.

— C'est beaucoup pour nous, un dollar, ou quelques lires, ou quelques francs ! avec ça, on peut acheter des vivres à Torgsin où il y a de tout, toujours, même quand les coopératives sont vides !

On entendait sa respiration entre les syllabes.

— Vous l'avez dit, vous me l'avez répété souvent : il y a des gens, ici, qui meurent de faim ! Mais il y en a d'autres, voyez-vous, qui croient, qui veulent croire en quelque chose...

Elle haussait le ton. Le cou tendu, elle se penchait vers Adil bey, des sanglots et de la rancœur plein la voix.

— Vous ne comprenez pas encore ? Savez-vous combien il faut d'heures de travail à un Russe pour se payer une boîte de sardines comme celles que vous entamez chaque jour et que vous laissez gâter dans l'armoire ? Une journée entière ! Votre prédécesseur, comme vous dites, en avait dans les poches, des boîtes de sardines, et du sucre, des biscuits. Il les donnait. En échange, des femmes le recevaient chez elles, parfois avec le consentement du mari. Il m'a voulue aussi. Quand il se mettait à table, il disait :

» — Mets ça dans ton sac, petite ! Cela te fera du bien. A ton âge, on a besoin de forces !

Adil bey la regardait, tache pâle dans l'ombre, puis

regardait les deux fenêtres éclairées, de l'autre côté de la rue.

— Oui, il me disait de manger. Il avait soin d'ajouter que pour lui c'était si peu de chose ! Dans son pays... Dans son pays... Toujours son pays !... Vous aussi, vous m'en parlez sans cesse... Dans votre pays, les gens ne meurent pas de faim... Dans votre pays, il y a du pain tant qu'on en veut... Dans votre pays...

» Eh bien, je ne veux pas, moi !... Je ne veux pas !... J'ai plus de vingt ans et je n'entends pas que ma vie soit ratée... Ma mère est morte de misère... Oui, comme vous avez sans doute vu, ici, des gens mourir dans la rue... Vous m'en parliez assez, de notre misère...

— J'étais jaloux, fit la voix d'Adil bey dans l'ombre.

Elle répondit par un rire nouveau, agressif.

— Il n'y avait pas de quoi car, à ce moment-là, c'était déjà trop tard !

— Trop tard pourquoi ?

— Pour moi ! Vous avez voulu savoir ! L'autre, je l'ai tué avec foi, si l'on peut dire. A chaque seconde, comme on respire, il me blessait dans toutes mes fibres. La première fois qu'il m'a fait venir, le soir...

Elle entendit Adil bey qui s'agitait.

— Oui, c'était le soir aussi, dit-elle avec indifférence. Il n'y a pas cent façons de se retrouver. Il avait préparé lui-même tout un repas. Il était fier de la table dressée. Il me montrait des mets en disant :

» — Je parie que vous ne savez même pas ce que c'est ?

» Et il s'étonnait de ne pas me voir me précipiter

sur les plats. Pensez donc que c'était sur eux qu'il comptait !

» Ne me faites plus penser à ces choses. Je n'avais jamais vu un étranger de près. Je n'avais jamais lu un journal qui ne fût pas russe.

» J'avais presque l'impression, en supprimant cet homme, que je sauvais la Russie...

— Et moi ? fit, lugubre, la voix en face d'elle.

— Vous !

Les gouttes de pluie s'écrasaient sur le zinc à la même cadence. La fenêtre d'en face s'ouvrit et Koline regarda dans la rue, dans les deux sens, étonné de ne pas voir rentrer sa sœur. On entendit les deux battants qui se refermaient.

— Vous me détestez aussi ?

Elle se tut.

— Pourquoi ?

— C'est drôle que vous ne compreniez rien ! Vous êtes comme un enfant inconscient. C'est peut-être pour cela...

— Pour cela que quoi ?

— Rien ! Vous me laisserez partir. Il y a des choses que vous sentirez plus tard. Vous voulez savoir pourquoi je vous ai détesté, pourquoi j'ai tenté de vous empoisonner comme l'autre, mais sans me décider à en finir ? L'autre, il pourrait vivre ! Ce n'est que maintenant que je m'en rends compte. Je le détestais. Je ne voulais pas croire ce qu'il disait. Vous, vous avez tout détruit, tout ce qui restait encore... Et maintenant...

— Maintenant ?

Il n'osait pas bouger, tant il avait peur de rompre un fil si ténu.

— N'en parlons plus. Il faut que je parte. Vous avez vu que mon frère s'inquiète.

— Vous m'auriez tué ?

— Je ne sais pas. Une première fois, j'ai mis de l'arsenic dans l'huile des poissons...

— Quelle fois ?

— Elle était venue.

— Nejla ?

Elle ne pouvait pas le voir sourire, dans l'obscurité, d'un sourire heureux.

— Je n'étais pas jalouse, dit-elle froidement. J'ai failli ne pas continuer. Mais vous êtes passé sur le quai quand j'étais à la fenêtre du club.

— Alors ?

— Pourquoi exigez-vous des détails ? Si vous étiez femme, ou simplement russe, vous comprendriez ! Je ne croyais déjà plus au club, à nos parlottes, à nos discussions, à nos joies, à nos lectures. Vous m'avez parlé du marché où on vend des poissons pourris. Et moi je voyais que vous deveniez plus pâle, plus mou, à cause de l'arsenic, que vous deveniez presque aussi amorphe que les gens qui ont faim...

Elle se leva d'une détente, cria, la voix rauque :

— Laissez-moi partir ! Vous êtes un lâche, un lâche, un lâche ! Vous m'avez fait parler et maintenant vous êtes ravi ! Car vous vous délectez de tout ce que je vous dis ! Vous avez détraqué une pauvre fille qui voulait vivre et...

Elle avait saisi son sac, d'un geste brusque. Il la devina qui essuyait son visage.

Doucement, sans bruit, il se leva. Elle marchait vers la porte. Elle le sentait derrière elle. Elle fit deux ou trois pas plus vite. Mais avait-elle vraiment l'espoir ou la volonté de fuir ?

Au moment où elle touchait le bouton, il l'enveloppa toute, d'un seul coup.

Il ne l'embrassa pas. Il ne dit rien. Il se contenta de rester ainsi, sans bouger, à la tenir, tandis que lentement les doigts qui étreignaient le bouton de la porte se desserraient.

Pour la seconde fois, en face, Koline ouvrait sa fenêtre et se penchait sur la rue vide et luisante comme un canal.

10

— Même si le ministre exigeait ma démission, je trouverais n'importe où une place de cent livres turques par mois.

— Cela fait combien de roubles ?

Il sourit. Elle demandait cela gravement, non parce qu'elle était intéressée, mais parce que c'était la première fois qu'elle pouvait aborder ces sujets.

Et Adil bey, qui avait été élevé par les Frères des Ecoles Chrétiennes, se répétait qu'il avait découvert enfin le sens de mots restés mystérieux pour le Musulman qu'il était : l'état de grâce.

Il était en état de grâce ! Il n'aurait pas pu expliquer pourquoi, ni comment, mais il en avait l'intime conviction. Tout devenait simple et facile, clair et propre.

— Pas aujourd'hui ! avait-elle murmuré avec un sourire fripé quand il l'avait conduite vers sa chambre.

— Chut !

Il avait souri aussi. Il l'avait couchée comme il

l'eût fait d'une sœur. Il avait même pensé à mouiller un coin de serviette pour lui laver les yeux.

— Sur le front... Cela fait du bien...

Puis son regard avait cherché les fenêtres d'en face et il y avait eu de l'inquiétude sur ses traits. C'est alors qu'Adil bey avait pris dans le bureau de grandes feuilles de papier gris et les avait appliquées aux vitres.

— Voilà ! Nous sommes chez nous.

Ils étaient las, tous les deux. Leurs yeux brillaient d'un reste de fièvre. Ils souriaient comme des gens qui tremblent encore d'avoir évité une catastrophe.

C'était l'état de grâce ! Adil bey n'épiait plus Sonia pour savoir ce qu'elle pensait. Il ne se le demandait pas. Elle lui souriait et cela suffisait à son bonheur.

Elle avait sommeil. Elle fermait les yeux mais, quand il se taisait, elle lui faisait signe de parler encore.

— Traduire en roubles n'expliquerait rien. Avec cent livres, nous pouvons habiter un joli appartement dans le quartier moderne d'Istambul, manger à notre faim, aller au théâtre chaque semaine et tu pourras avoir de jolies robes.

— C'est vrai qu'on peut lire dans les rues, le soir, tant elles sont illuminées ?

— Toute la nuit. Le long du Bosphore, il y a des guinguettes où l'on joue de la musique turque en buvant du *raki* et en mangeant des *mèzet*.

— Des *mèzet* ?

— C'est un peu de tout, des petits poissons, des olives, des concombres, des choses fumées qu'on grignote en écoutant la musique et en regardant glisser les caïques...

160

De quoi avaient-ils encore parlé cette nuit-là ? Sonia avait dormi. C'était la première fois qu'il la regardait dormir et il se penchait pour mieux la voir. Or, quand elle dormait, elle redevenait pâle et nette. Pourquoi ce petit visage l'avait-il tant inquiété ? Et pourquoi, pendant des mois, s'étaient-ils heurtés, alors que tout était si simple ? Il avait dit, près de la porte :

— Nous partirons tous les deux, Sonia !

Et elle avait répondu par une courte étreinte de ses deux mains. Peu importaient maintenant les bruits d'eau dans la rue noire et humide. Cette rue, bientôt, on ne la verrait plus ! De temps en temps, la fenêtre d'en face s'ouvrait encore. Koline, qui ne pouvait pas dormir, restait quelques minutes à regarder dehors, puis rejoignait sa femme déjà couchée.

La première fois que Sonia ouvrit les yeux, elle fut quelques secondes à renouer le fil de ses idées et à regarder avec attention le visage d'Adil bey.

— Vous ne dormez pas ? murmura-t-elle alors.

— Je dormirai.

— C'est vrai que vous étiez si jaloux de moi ?

— Jaloux à haïr tout ce qui vous entourait et même votre frère, son calme, sa façon, le soir, de s'accouder à la fenêtre.

— Il travaille beaucoup, dit-elle.

— Et il croit en ce qu'il fait ?

— Il veut y croire. Ce sont des choses dont on ne parle jamais, même entre frère et sœur, entre mari et femme, ce sont des choses qu'on ne s'avoue pas à soi-même...

Et, changeant d'idée :

— Est-ce qu'il y a beaucoup de tramways, à Stamboul ?

— Dans les rues importantes, il en passe au moins un toutes les demi-minutes.

Elle sourit, incrédule.

— Vous avez des amis ?

— J'en avais, mais je ne veux plus les voir.

— Pourquoi ?

— Parce que vous seriez jalouse d'eux comme j'étais jaloux du club et même du portrait de Staline accroché au mur.

Il en était sûr. Il n'avait plus d'arrière-pensée. La pluie tombait toujours et c'était merveilleux de deviner l'atmosphère poisseuse et froide du dehors, d'être là, à l'abri de tout, à l'écart de tout.

Pourtant, alors qu'ils étaient assoupis tous les deux, il y eut des coups frappés à la porte et ils dressèrent la tête en même temps. Il ne fallait pas répondre. Il ne fallait surtout pas faire de bruit. L'inconnu frappa à nouveau, essaya d'ouvrir, mais en vain.

N'allait-il pas forcer la serrure ? Adil bey serrait Sonia contre lui et, quand les pas s'éloignèrent enfin, il la regarda en poussant un grand soupir.

— J'ai eu peur, dit-elle.

Son corps en était moite. Adil bey le caressa. C'était la première fois qu'il la tenait dans ses bras. Les autres étreintes ne comptaient pas. Il les avait déjà oubliées.

— Dormons !

Elle avait une drôle de façon de se replier sur elle-même et rentrer la tête dans les épaules.

Puis il y eut la lumière grise du matin, qu'on reconnaissait à peine à cause des papiers collés aux vitres. La maison vivait. Dans le corridor, il y avait des gens qui se lavaient.

Adil bey était éveillé depuis quelques instants quand il s'aperçut que Sonia avait les yeux grands ouverts. Son visage, sa pose trahissaient la fatigue.

— Ce serait bon ! soupira-t-elle.

— Quoi ?

— La vie ailleurs, à Stamboul, n'importe où, une vie comme sur la photographie !

Il n'y pensa pas tout de suite. Ou plutôt il crut confusément qu'elle était jalouse et il affirma :

— Ce *sera* bon.

— Oui. Ce *sera* ! Comment allez-vous faire ?

— Je ne sais pas encore, mais je trouverai un moyen.

Il faillit innocemment lui dire que c'était dommage qu'on eût fusillé le passeur. Il valait mieux ne pas en parler. Et pourtant, il n'en voulait pas à Sonia. Il trouvait sa conduite naturelle.

— Laissez-moi m'habiller.

Avant, elle le faisait devant lui, mais elle lui demandait aujourd'hui d'aller attendre dans le bureau. Il s'y promena, en pyjama. Il vit l'encrier cassé, les dossiers éparpillés par terre et il s'étira de contentement, bâilla, sourit en regardant Mme Koline qui, derrière le rideau transparent, brossait ses longs cheveux.

Il entendait Sonia aller et venir. Il devinait ses gestes et il fut ému comme il l'avait rarement été quand elle apparut, en robe noire, déjà chapeautée, dans l'encadrement de la porte.

— C'est dommage de partir, dit-elle d'un air soucieux.

— Pourquoi partez-vous ?

— Il le faut.

— Et si nous commencions par nous marier en Russie ?

L'idée venait de lui passer par la tête et il l'exprimait aussitôt.

— Cela ne simplifierait pas les choses. Je resterais russe et on continuerait à me refuser mon passeport.

— Qu'est-ce que vous allez faire ?

— Essayer de sortir sans être vue. Ensuite je rentrerai chez moi. Je déjeunerai. Je serai de retour à neuf heures.

Il avait oublié le consulat. Il regarda à nouveau les papiers épars et pensa que tout cela était sans importance.

— Moi, je m'occuperai du départ. Vous avez raison, il vaut peut-être mieux que le bureau soit ouvert.

Il se rendait compte que rien n'était arrangé, qu'ils n'avaient pensé à aucune question matérielle.

— A tout à l'heure, Adil bey.

Elle s'en allait comme d'habitude et, sans raison, il fut pris de peur, balbutia comme il le faisait quand il était très ému :

— Sonia...

— Eh bien ? Je reviendrai à neuf heures.

— Oui... Je sais...

Il ne lâchait pas sa main. Il ne se décidait pas à la laisser partir.

— Si vous restiez ?

— Ce n'est pas possible.

Elle montrait la maison d'en face. Elle s'échappait. Sur le seuil, elle se retourna pour lui adresser un bref sourire.

164

— A neuf heures !

Adil bey se rasa lentement, entendit les pas de la femme de ménage à qui il ne pensait plus.

Quand, enfin habillé, il pénétra dans le bureau, il vit la domestique qui avait le sac de Sonia à la main et qui ne se troubla pas.

— La secrétaire a oublié ceci, dit-elle.

— Merci. Elle va venir.

Quant à lui, il préférait partir avant l'arrivée des visiteurs. Il avait un plan imprécis, ou plutôt il savait où il irait d'abord.

L'air était froid. La pluie se changeait en brouillard et, du quai, on apercevait à peine l'eau du bassin. Un vapeur sifflait à l'entrée du port. Des gens marchaient vite.

Adil bey pénétra dans les bâtiments en briques rouges où étaient installés les bureaux de la Standard. Des Russes y travaillaient dans un cadre américain.

— M. John est ici ?

On lui montra le plafond et il se dirigea vers le premier étage. Il y avait plusieurs portes. Il frappa à l'une d'elles. Une voix confuse cria quelque chose et il entra.

John était encore couché, les rideaux fermés. Dans le clair-obscur, il reconnut le visiteur et se frotta les yeux, se gratta la tête à rebrousse-poil.

— Je viens vous demander de me rendre un service. C'est très important, très urgent, dit Adil bey d'une haleine.

L'Américain buvait un grand verre d'eau minérale.

— Il faut absolument que je fasse sortir une jeune fille de Russie. Bien entendu, elle n'a pas de passeport.

— La petite ? questionna John sans s'émouvoir.

— Quelle petite ?

— Votre petite souris de secrétaire ?

— Oui. Je vous demande le secret absolu. Vous savez comme moi ce qu'elle risque.

— Une balle dans la peau ! Ecoutez ! Il faudrait que j'en parle à un capitaine belge que je connais. Voulez-vous revenir ce soir ?

John avait sorti ses jambes du lit et il parlait d'une voix molle en regardant autour de lui avec mauvaise humeur.

— Il n'y a pas moyen de le voir plus tôt, votre capitaine ?

— Dites donc, Adil bey, vous êtes sûr qu'elle veut vraiment partir, cette enfant ? Parce que, vous comprenez, si je me moque d'elle, je ne me moque pas du Belge, qui pourrait être salement coincé !

— Je réponds de Sonia.

— Bien entendu !

— Pourquoi bien entendu ?

— Vous avez encore des cheveux blonds sur votre veston. Où sont mes pantoufles ?

Il ouvrit les rideaux, prit sa douche, s'habilla, toujours calme et de mauvaise humeur.

— Je vous avais prévenu.

— De quoi ?

— Je vous avais dit que vous ne resteriez pas longtemps ici. Ce que vous faites est idiot, mais cela vous regarde. Il vaudrait mieux filer seul, puisque vous avez envie de filer...

En guise de petit déjeuner, il se gargarisa avec un verre de whisky, sans regarder son compagnon qui avait rougi.

— Vous êtes à point pour faire toutes les bêtises. Si je vous lâchais dans la ville, je suis persuadé que vous trouveriez le moyen d'être arrêté. Où est mon veston ? A propos, les Pendelli m'ont chargé de vous saluer. A l'heure qu'il est, ils naviguent du côté de Samsoun, dans votre pays. Vous venez ?

Ils plongèrent dans le mouillé, après que John eut jeté un coup d'œil maussade à ses bureaux. Ce coin du port sentait le pétrole. Tous les cinquante mètres, on rencontrait une sentinelle à casquette verte qui saluait l'Américain.

— C'est ce bateau ?

— Non, celui qui est derrière. Il sera chargé ce soir et il partira sans doute dans la nuit. Il y a une cabine pour passager. Vous avez un laissez-passer ?

— Quel laissez-passer ?

— Pour circuler dans le port et monter à bord des navires.

— Non.

— Attendez !

John alla discuter, dans un corps de garde, avec des gens en uniforme. Adil bey crut voir qu'il distribuait des cigares.

— Venez ! dit-il à son retour. Il ne faut pas que nous restions plus d'une demi-heure, car on va changer la garde.

On trouva le capitaine, en bras de chemise, occupé à écrire des lettres dans son appartement, tout en haut des superstructures. John s'assit en présentant :

— Le consul de Turquie ! Dites-lui carrément si l'on peut faire quelque chose pour son bonheur ou son malheur.

Le bateau était serti de brouillard, les cloisons de

métal couvertes de gouttelettes. Le capitaine écoutait en se caressant la nuque et en observant parfois le consul.

— Il s'est toqué d'une petite Russe et il veut la faire sortir du pays.

— C'est possible ? questionna Adil bey.

— Tout est possible, soupira le capitaine. Mais c'est embêtant !

— Pourquoi ?

— Vous croyez que c'est simple, vous, d'embarquer quelqu'un en fraude et de le cacher pendant la visite ?

— Vous l'avez déjà fait ?

— Parbleu !

Il se leva, ouvrit une armoire qui contenait plusieurs uniformes, des manteaux, des cirés suspendus à des cintres.

— Voilà ! Il s'agit qu'on ne voie pas les pieds en dessous.

— Comment faites-vous ?

— On suspend le bonhomme par les bras, à hauteur des cintres, et il se fait aussi petit qu'il peut. Généralement, les Russes ne touchent pas à mes vêtements. Ils se contentent de regarder en dessous.

— Et s'ils fouillaient le placard ?

Le capitaine haussa les épaules.

— Cela dure combien de temps ?

— L'attente là-dedans ? Cela peut durer une heure et cela peut durer une journée. La dernière fois, ils sont restés à bord de midi à neuf heures du soir.

— Il y a assez d'air ?

Adil bey savait qu'il ennuyait ses compagnons par ses questions, mais pouvait-il ne pas les poser ?

— La demoiselle en question est capable de ne pas s'évanouir, au moins ?

— Je réponds d'elle.

John, qui avait pris une bouteille de bière dans une armoire et qui s'était servi le regardait avec une douce pitié.

— On dit toujours ça !

— Je vous jure. Ce n'est pas une jeune fille comme une autre.

— Evidemment ! Un verre de bière ? C'est de la vraie Pilsen.

Cela lui était égal. Il était en plein élan et il avait besoin d'une décision immédiate.

— Je suppose que vous faites escale à Istambul ?

— Nous passons le Bosphore, comme toujours. Nous restons une heure en rade, mais nous ne pouvons débarquer personne, car nous voyageons en transit.

— Où peut-on débarquer ?

— A Anvers. Nous y serons d'ici vingt jours.

Tant pis ! Adil bey eût accepté d'aller jusqu'à San Francisco !

— Cela vous va ? Vous, si vous avez vos papiers en règle, vous prendrez la cabine de passager. C'est à côté.

— Et pour embarquer la jeune fille ?

— C'est une autre histoire et c'est surtout elle que cela regarde. Elle sait nager ?

Adil bey n'en était pas sûr, mais il savait qu'elle allait souvent à la plage.

— Oui, dit-il avec aplomb.

— Dans ce cas, le mieux est qu'elle se mette à l'eau assez loin d'ici, dès qu'il fera tout à fait noir, et qu'elle nage sans bruit. Nous laisserons pendre un filin à bâbord et, quand elle y sera accrochée, on la hissera. Par exemple, si de terre on l'aperçoit ou si on entend quelque chose, on la fusillera sans hésitation.

— Entendu pour ce soir, dit Adil bey en se levant.

Le capitaine et John échangèrent un regard. Adil bey ne pensait même pas à remercier, tant il avait hâte d'annoncer la nouvelle à Sonia. John l'accompagna jusqu'au quai.

— Vous croyez que c'est très dangereux ?

— C'est dangereux.

— Cela réussit une fois sur combien ?

Il avait besoin de précisions de ce genre, mais John se contenta de regarder ailleurs.

— Vous serez à bord ? demanda encore Adil bey.

— Je ne sais pas.

Pourquoi les gens, autour de lui, étaient-ils si indifférents ? Il avait envie de les secouer, de leur crier :

— Vous ne comprenez donc pas que c'est important, qu'il s'agit de la vie d'une femme, de la mienne ?

Ils ne s'en rendaient pas compte ! Ils pensaient à leurs affaires ! Ils le traitaient comme un malade surexcité !

— Ne vous montrez pas trop dans cet état, conseilla John au moment de le quitter, à l'entrée des raffineries. On se douterait de quelque chose. Si, d'ici ce soir, il y avait du vilain, je serai presque toujours au bureau. Autrement, au bar, dès dix heures.

Adil bey marcha à en perdre le souffle dans l'humidité qui mettait des perles blanches sur son manteau. Il lui semblait que le quai était interminable, qu'il

170

n'arriverait jamais chez lui, que la journée serait la plus longue de sa vie. Que lui restait-il à faire ? Demander son visa, qu'on était obligé de lui donner tout de suite. Il prétendrait qu'il devait se faire opérer d'urgence en Turquie.

Quant à Sonia, elle n'aurait besoin de rien emporter. Il ne fallait pas compliquer les choses. Faire vite ! En finir ! Et quand il entendrait grincer la chaîne d'ancre...

Il monta l'escalier en courant, resta un instant sans oser franchir le seuil.

— Sonia !

Le bureau était vide. Des gens attendaient sur les chaises. Le premier arrivé se leva, des papiers à la main.

Adil bey fonça vers sa chambre, où la femme de ménage faisait le lit.

— Ma secrétaire ?

— Elle n'est pas arrivée.

Il était onze heures. Elle avait promis qu'elle viendrait à neuf !

Il resta immobile, debout au milieu de la pièce, et lentement son regard alla chercher les fenêtres d'en face, qui étaient closes, les vitres noires où se dessinaient les fleurs crémeuses des rideaux.

11

Les heures passaient sans rien changer à l'humeur du ciel et à midi il régnait encore une aube glauque de catastrophe qui faisait penser à quelque train renversé sur le ballast ou à la découverte matinale d'un crime dans un quartier pauvre.

Adil bey sortait de la maison d'en face, comme il y était entré, sans rien savoir. Au premier étage, il avait frappé, aussi effrayé à l'idée qu'on pourrait ouvrir qu'à celle qu'il n'y avait personne. On n'avait pas répondu et il déambulait dans la rue, il s'agitait, il pensait, en s'assurant parfois qu'il n'était pas suivi.

— Il vaut mieux que je leur parle d'abord de mon visa, puis que j'essaie adroitement de savoir.

La grande maison où il venait d'habitude avec Sonia était pleine de gens mouillés qui attendaient, mais Adil bey, en familier des lieux, poussa la porte du bureau. Le fonctionnaire au crâne rasé était à sa place. En face de lui, il y avait un visiteur. Fallait-il entrer ou sortir ? On lui fit signe d'attendre un moment.

Ce n'était jamais arrivé ! Jamais il n'y avait un

importun dans ce bureau ! Et il devait rester sur le palier, parmi les gens assis par terre, à compter les minutes ! Un quart d'heure plus tard, il y était encore, oppressé, les nerfs si douloureux qu'il allait pousser la porte quand elle s'ouvrit d'elle-même. Le visiteur sortit. Le fonctionnaire regarda Adil bey avec son sourire à moitié dessiné, lui montra la chaise libre.

Sonia manquait pour servir de traductrice. Le consul posa son passeport sur le bureau, expliqua en mauvais russe qu'il désirait un visa.

Il s'attendait à de l'étonnement, à des questions. Son interlocuteur se contenta, tout en buvant du thé, de tourner les pages du passeport et de tout lire, puis il tendit la main vers un cachet et l'appliqua sur le dernier feuillet.

C'était le départ assuré et Adil bey poussa vivement le passeport dans sa poche. Parler de Sonia était plus difficile, si difficile que, tout rouge, il enchevêtra des mots qui ne voulaient plus rien dire. Il s'excusait. Il demandait pardon, mais il désirait savoir... Il n'était pas encore sûr... Peut-être que...

— *Sprechen Sie Deutsch ?* demanda le fonctionnaire qui l'examinait avec curiosité.

— *Jawohl !*

Pourquoi cet homme ne lui avait-il pas dit plus tôt qu'il comprenait l'allemand ? Pendant des mois, Sonia avait dû traduire leurs entretiens mot par mot, alors qu'ils avaient une langue commune.

Adil bey s'emballa, parla d'abondance, expliqua que sa secrétaire n'était pas venue le matin, qu'il avait absolument besoin de la retrouver, que...

— Partez-vous, ou ne partez-vous pas ?

— Je pars... C'est-à-dire...

— Je pose la question autrement. Désirez-vous que, dès demain matin, je vous procure une autre secrétaire ?

— J'ai besoin de savoir ce que la mienne est devenue. Je suis consul. Et les règles internationales...

Il hésitait à aller plus loin. Un sourire flottait sur les lèvres du chef qui eut, des deux mains, un geste d'impuissance.

— Que voulez-vous que je vous dise ? Des documents ont-ils disparu de chez vous ? Votre secrétaire avait-elle des raisons de quitter sa place ? Je ne m'occupe, moi, que des étrangers...

— Dans ce cas, conduisez-moi à la personne qui peut me renseigner.

Son compagnon se leva, disparut par une porte et resta absent plus d'un quart d'heure tandis qu'Adil bey en arrivait à se ronger les ongles d'énervement, tâtant parfois son passeport dans sa poche.

Si pourtant Sonia, pendant ce temps, était rentrée ? N'avait-il pas pris une attitude inutilement combative ? L'employée, derrière lui, faisait des comptes sur son boulier.

Enfin, le chef de service parut, toujours hermétique.

— Le camarade Rabinovitch vous recevra dans quelques minutes. Vous permettez ?

Et, installé à son bureau, il compulsa des dossiers, apposa une signature par-ci par-là. On lui apporta un nouveau verre de thé. Il l'offrit à Adil bey, qui refusa. Enfin il se leva, regarda un instant par la fenêtre, alluma une cigarette.

— Voulez-vous venir ?

Pourquoi à ce moment précis ? Aucune sonnerie

n'avait retenti. Il n'avait pas regardé l'heure. Donc, il avait fait attendre le consul pour le faire attendre !

Dans le bureau voisin était assis, tout seul, un petit Juif, à lunettes d'acier, à barbiche et aux ongles noirs.

— Vous préférez parler français ? demanda-t-il.

Et jusque-là on avait laissé croire à Adil bey que personne ne parlait le français dans la ville ! C'était le jour des découvertes. Mais il n'avait pas le temps d'y penser. Il récita :

— Je désire savoir ce qu'est devenue ma secrétaire, qui a disparu ce matin.

— Pourquoi désirez-vous le savoir ?

Les lunettes grossissaient démesurément les yeux qui le regardaient, leur donnaient une expression hallucinante de candeur.

— Parce que... c'est ma secrétaire... et...

— On m'apprend que vous partez ce soir ou demain.

— Je voulais, en effet...

— Vous ne partez plus ?

Adil bey eut peur tandis que les gros yeux le regardaient toujours.

— Mais si, je pars !

— Dans ce cas, vous n'avez pas besoin de votre secrétaire. A moins que vous désiriez l'emmener avec vous, mais il faudrait nous en parler.

— Je vous assure... Il n'est pas question de l'emmener...

— Donc, tout est parfait, n'est-ce pas ? C'est tout ce que je puis faire pour vous ?

Ils étaient renseignés, c'était sûr ! Par surcroît, le chef du service des étrangers, qui était resté près de la porte, avait suivi tout l'entretien, bien qu'il se fût poursuivi en français.

— A propos, quel bateau prenez-vous ?

— Je ne sais pas encore.

— J'espère que nous aurons le plaisir de vous revoir à Batum ?

C'était la monstrueuse naïveté des yeux qui était effrayante. Ils faisaient plutôt penser à des yeux d'animal.

Rabinovitch d'un côté ; l'homme rasé de l'autre. Et voilà qu'en se retournant Adil bey découvrait qu'un troisième personnage avait assisté à la conversation. Un instant, il eut l'idée folle qu'ils le cernaient, qu'à eux trois ils allaient l'empêcher de partir.

— Au revoir, messieurs.

— Bon voyage.

Ils le laissaient passer, mais ils ne le reconduisaient pas. Ils restaient tous les trois dans le bureau pour parler de lui.

Dans l'escalier, Adil bey bouscula des gens qui se laissaient faire. Il marcha plus vite, dehors, rentra chez lui pour s'assurer que Sonia n'y était pas. Les fenêtres d'en face étaient fermées. Il ressentait la même douleur diffuse que quand, en rêve, on court en vain après un train, ou qu'on descend des escaliers sans toucher les marches.

S'il retrouvait Sonia, aurait-il le temps de préparer le départ ? Il fallait qu'il parte ! Maintenant, il était impossible de rester à Batum, surtout après la visite à Rabinovitch. Il n'avait rien fait, certes, et pourtant il se comportait comme un coupable. Il devait prendre une décision. Il y avait encore des heures à attendre le départ et il ne pouvait pas les passer à ne rien faire.

Il marcha à nouveau, en faisant éclater les flaques d'eau, longea les quais, essoufflé, sans ralentir le pas, et atteignit les bureaux de la Standard.

— M. John est chez lui ?

— Il déjeune, là-haut.

Jamais il n'avait vu la salle à manger de John et il fut surpris de trouver celui-ci dans une pièce confortable, servi par un domestique en veste blanche et plastron empesé.

John, lui, avait retroussé les manches de sa chemise et, les yeux flous, il tendit la main à son visiteur.

— Ça va ?

— Sonia a disparu.

— Un couvert, dit John au domestique.

— Je n'ai pas faim. Je suis pressé.

— Cela ne fait rien.

— Il faut absolument que je sache ce qu'elle est devenue. Je peux vous dire la vérité. Elle a passé la nuit chez moi. Ce matin, quand elle est partie, elle m'a promis de revenir à neuf heures. Dans les bureaux, on m'a reçu d'une manière étrange, à la fois moqueuse et menaçante.

Il parlait vite, à en perdre la respiration, tandis que John continuait à manger, puis se levait, la bouche pleine, et attirait Adil bey près d'une fenêtre pour lui montrer une cour non pavée, au sol de terre noire, derrière un mur surmonté de trois rangs de fil barbelé.

— Qu'est-ce que c'est ?

Dans la cour bordée de bâtiments en brique, on

ne voyait personne. Adil bey ne comprit pas d'abord, se souvint soudain du passeur de frontière.

— C'est là ?

Il était bouleversé, mais pas comme il eût cru l'être. En somme, toutes ses allées et venues, depuis le matin, avaient Sonia pour centre. C'est pour elle qu'il courait de la sorte ! Et pourtant comme, en regardant la cour sinistre, il essayait d'évoquer son visage, il se trouva impuissant à le reconstituer. Les traits restaient vagues, sans expression, comme si la Russe eût été loin, très loin de lui.

— On n'a pas pu la fusiller ?

— Je n'ai pas entendu de coups de feu ce matin. Vous voyez le bâtiment plus petit que les autres, à gauche de la cour ? C'est là que ça se passe.

C'était vraiment, dans la lumière crue, un décor comme on en voit sur les photographies de journaux et Adil bey se rappela une photo qu'il avait prise à la guerre, des trous d'obus, dans le petit jour, avec les bottes d'un cadavre en gros plan.

— Qu'allons-nous faire ?

— Mangez toujours.

Quant à John, prenant sur la table une tranche de rôti froid, il la mastiqua en se dirigeant vers le téléphone, demanda un numéro qu'Adil bey ne connaissait pas, parlementa longtemps, en un russe très pur et très aisé.

Il n'avait jamais dit qu'il parlait le russe. Il faisait des politesses devant l'appareil. Il souriait. Il devait demander des nouvelles de la santé de son interlocuteur. Tout en écoutant la réponse, il se versa une rasade de whisky et, peu à peu seulement, il devint plus grave, hochant parfois la tête en disant :

— *Da* !... *Da* !... Oui !... Oui !...

Quand il eut raccroché, il vida son verre avec une lenteur inhabituelle.

— A qui avez-vous téléphoné ?

— Au chef du Guépéou, au grand chef.

— Qu'est-ce qu'il a dit ?

— Pourquoi ne mangez-vous pas ? Il m'a conseillé de ne pas m'occuper de cette affaire. J'ai insisté. Je lui ai demandé de m'avouer la vérité.

— Alors ?

— Alors rien. Il croit que le mieux que vous ayez à faire, c'est de prendre votre bateau ce soir.

— Donc, ils l'ont tuée !

— Je ne crois pas. Je n'ai pas vu d'allées et venues suspectes dans la cour, ce matin.

— Dites-moi, John, pensez-vous que je puisse encore faire quelque chose pour elle ? Répondez franchement. Je suis prêt à tout...

Il était en nage cependant que l'autre, pour toute réponse, lui versait un plein verre d'alcool.

— Buvez ça.

— Je ne peux pas l'abandonner. Il faut que je vous dise que, depuis des mois, elle est ma maîtresse...

— Buvez !

John mangea de la marmelade, les coudes sur la table, le regard posé sur un dessin de la nappe.

— Ce serait lâche de partir sans elle. Vous devez me comprendre. Ou alors, il faudrait que je sois sûr...

Dix fois il répéta la même chose, avec d'autres mots, et sans s'en rendre compte il s'était mis à manger. Est-ce que John l'écoutait ? Adil bey parlait, parlait, comme il n'avait pas pu le faire dans le bureau

180

des Russes. Parfois, il regardait l'horloge qui était si loin de marquer minuit.

— Ce qu'il faudrait savoir, c'est à qui je dois m'adresser...

John alluma un cigare, remplit encore le verre de son compagnon et se renversa sur sa chaise.

Quand Adil bey s'arrêta enfin de discourir, le front moite, les yeux suppliants, il articula :

— Voilà ce que vous allez faire. Vous rentrerez chez vous et vous bouclerez vos malles. Vous les ferez porter à bord et vous vous occuperez de la douane. Le bateau ne part qu'au milieu de la nuit. Vers dix heures, je serai au bar avec le capitaine et vous nous rejoindrez. Je vous dirai alors s'il y a du nouveau.

— Vous croyez que vous saurez quelque chose ?

— Je ne crois rien. Je ferai ce que je pourrai.

— Mais quoi ? A qui vous adresserez-vous ?

— Ne vous occupez pas de cela.

Et il poussa vers lui la caisse de cigares.

Quand Adil bey vit à travers le brouillard les lumières du bar, quand il devina la musique, il ralentit enfin le pas, soulagé, comme ralentit le nageur qui approche de la bouée.

Il était à bout de nerfs. Des heures durant, il s'était agité, fébrile, impatient, seul dans la ville où il ne se sentait plus en sûreté. C'était un fait. John l'avait reconnu lui-même. Adil bey était menacé.

Non seulement Sonia n'était pas revenue, mais la femme de ménage était partie, sans raison, et les fenêtres de la maison d'en face ne s'étaient pas ouvertes de la journée.

C'était, autour de lui, un parti pris de vide et de silence. Par exemple, il avait cherché dans les rues un porteur pour ses bagages. Il avait marché longtemps dans le crachin. Personne ne lui avait répondu !

Il avait dû coltiner ses malles et ses valises. Le tournant de l'escalier était difficile. Un locataire aurait pu l'aider. Or, personne ne s'était montré.

Que pouvait-il faire, avec ses bagages au bord du trottoir ? Il n'y avait pas de taxi, pas de voiture ! On l'entourait de vide, on l'encerclait, on voulait l'étouffer dans le vide !

Il avait trouvé une brouette, lui-même, dans un chantier, et c'était lui, Adil bey livide, qui tout au long du quai avait poussé le véhicule !

Il ne pouvait pas rater la douane. Il ne fallait à aucun prix que le lendemain il fût encore dans la ville.

C'est avec sa brouette qu'il passa près du Lénine en bronze, puis devant la maison des syndicats où l'on ne voyait personne. Il essaya d'évoquer Sonia à la fenêtre où il l'avait vue, mais l'image se déroba une fois encore. Il avait trop à faire, trop à penser. On le renvoya de douanier en douanier. Personne ne l'aidait. Il aurait voulu rester dans le port, tout près du bateau, plutôt que de rentrer dans toutes ces rues noyées d'humidité, bordées de maisons obscures où grouillaient des ombres, et aussi de bureaux où les fonctionnaires avaient un sourire menaçant.

Maintenant, c'était fini d'errer et de courir. Il entrait dans la musique. On lui prenait son chapeau, son manteau, près du disque lumineux du jazz. A une table, trois personnes l'attendaient. D'un côté, il y avait John, de l'autre le capitaine belge et, au milieu, une femme qui tournait le dos. C'était Nejla !

— Whisky ? demanda John.

Il ajouta aussitôt, pour en finir avec les questions ennuyeuses :

— Vous savez, je n'ai rien appris de nouveau !

L'horloge, au-dessus des musiciens, marquait dix heures. Nejla était d'une gaieté nerveuse.

— Il paraît que vous partez, Adil bey ? dit-elle en se tournant vers lui.

— Je ne sais pas encore.

— Allons donc ! Vos bagages sont déjà à bord.

Elle adressa une œillade au capitaine, une autre à John qui se leva, marcha vers les lavabos en faisant signe au Turc de le suivre.

— Vous croyez qu'il n'y a plus rien à tenter ? articula celui-ci quand ils furent seuls.

— Rien.

— Et plus tard ? Demain, après-demain ?

— Rien.

— Comment le savez-vous ?

— La camionnette est venue après-midi.

— Quelle camionnette ?

Il ne comprenait pas et pourtant il devinait que c'était sinistre.

— Celle qui a une carrosserie en tôle, avec des trous pour aérer l'intérieur...

Il l'avait vue deux ou trois fois. Dès qu'on l'apercevait, on savait qu'il y avait un cadavre à ramasser quelque part.

— Quand la camionnette vient à la caserne et entre dans la cour... Soyez calme, vieux !

John lui tapotait le dos, gentiment. Adil bey res-

tait là sans bouger, sans pleurer, avec seulement une
sensation de froid entre les omoplates.

— Vous êtes sûr que c'était pour elle ?

Sa voix était normale, son regard plus ferme que
pendant la journée.

— Venez. On doit se demander ce que nous fai-
sons ici.

John reprit sa place et continua à observer Adil bey
qui interrompit la conversation animée du capitaine
et de Nejla.

— Quand partons-nous ?

— Vers une heure. Nous devons être à bord avant
minuit.

C'était encore plus d'une heure à attendre et John
vit le regard fuyant d'Adil bey glisser sans cesse
d'une personne à l'autre, épier même le rideau qui
séparait du reste une partie de la salle.

— Buvez ! Cela vous fera du bien !

— Vous croyez ?

Nejla aussi regardait Adil bey avec inquiétude et,
touchant du pied la jambe du capitaine, elle lui souffla :

— Vous lui avez dit ?

— Pas encore.

C'est terriblement long, une heure ! Et si on avait
fusillé Sonia, dont le frère appartenait au Guépéou,
il n'y avait pas de raison pour que...

— A propos... murmura le capitaine, très bas, un
peu gêné, en se penchant vers lui.

Il avait bu. Ses joues étaient colorées. Adil bey
remarqua qu'il tenait le bras de Nejla.

— Puisque la personne que vous savez ne peut pas
venir et que tout est préparé...

184

Il s'assura que les voisins n'entendaient pas. John scandait le rythme du jazz avec ses doigts.

— ... J'ai décidé de prendre mademoiselle, à sa place... Il vaut mieux que nous allions à bord... Dans une demi-heure, elle nous rejoindra... Garçon !...

Il voulait payer, mais John lui arrêta le bras, dit au garçon en russe :

— Sur mon compte !

Il ne pleuvait plus. Des femmes, sur un seuil, attendaient comme tous les soirs, mais elles n'adressèrent même pas un sourire aux trois hommes. John s'appuyait sur l'épaule d'Adil bey. On piétina la boue plus visqueuse des quais de déchargement et on renifla le pétrole.

La police n'était pas encore arrivée. Adil bey entendit quelqu'un qui le disait. Il se laissait conduire. Il se retrouva dans la cabine du capitaine, où il resta seul avec John.

— Vous êtes plus tranquille ici, hein !

Il approuva, docile, but la bière qu'on lui versait. Puis il se demanda où pouvait être le capitaine mais, presque aussitôt, pensa à autre chose.

Un peu plus tard il y eut des pas sur la passerelle. La porte s'ouvrit. Nejla entra, détrempée, sa robe moulant son corps, et l'officier referma la porte.

— Voulez-vous vous déshabiller dans la salle de bains ?

Cela se déroulait comme un film sans paroles, ni musique. Adil bey était entièrement en dehors du jeu et quand il sentait le regard de John peser sur lui, il essayait de lui sourire, comme pour le rassurer. C'était fini sans être fini. Ou plutôt cela avait l'air d'être fini mais il n'y avait rien de définitif, puisque la police n'était pas encore venue à bord.

Le capitaine entra avec Nejla dans la cabine voisine. Elle en ressortit vêtue seulement d'un peignoir et on l'installa dans le placard aux vêtements.

Le second officier entrait.

— Ils sont en bas !

Pourquoi ne pouvait-il même pas se souvenir d'une des expressions de Sonia ? Il revoyait sa silhouette noire, son cou mince et clair, la forme de son chapeau et même la tache laiteuse du visage. Mais c'était tout ! Pourquoi ?

Dans le carré des officiers, trois hommes en casquette verte étaient assis à une table. On leur avait servi de la bière, à eux aussi. Sur la table, il y avait une pile de passeports et les trente-deux hommes de l'équipage étaient rangés contre le mur.

On faisait l'appel, comme à la caserne. C'était Koline qui feuilletait les passeports, regardait la photographie, puis l'homme qui s'avançait.

— Peeters...

— Présent !

Koline faisait cela lentement, en conscience. Adil bey, au bout de la file, fixait un ruban noir, large de deux doigts, qui ornait sa boutonnière comme une décoration.

— Van Rompen...

— Présent !

A chacun, il rendait son passeport.

— Nielsen...

— Présent !

— Adil Zeki bey.

On ne répondit pas tout de suite et Koline leva la

tête vers le visage boursouflé du Turc qui regardait obstinément la boutonnière en deuil et qui ne bougeait pas, ne respirait même plus.

— Capitaine Cauwelaert...

— Présent !

C'était fini. On lui avait donné son passeport. Ses doigts avaient presque touché ceux de Koline et il n'y avait rien eu ! Maintenant, la visite commençait, tandis que l'équipage restait dans le carré des officiers. Koline sortit avec ses hommes, suivi du capitaine. Les marins s'assirent. L'un d'eux finit la bouteille de bière.

— Eh bien, mon vieux ?

John regardait lourdement Adil bey.

— Eh bien ! rien !

Il eut un sourire lamentable.

— Vous avez vu le ruban noir ?

— Oui ! Et aussi ses yeux. A sa place, je vous aurais tué...

Comment John avait-il pu deviner ? La fenêtre d'en face, Koline qui fumait ses cigarettes dans la nuit... Les papiers gris qu'Adil bey avait collés aux vitres... Et le Russe qui, dix fois, se penchait pour inspecter la rue...

— Il est temps que je descende. Bonne chance !

— Vous restez encore longtemps à Batum ?

John le regarda comme lui seul savait le faire, avec une étrange acuité dans la mollesse.

— Sans doute toujours.

— Pourquoi ?

La porte était ouverte. On voyait les quais détrempés, la lumière du bar, au loin, et on devinait tout le réseau de petites rues sordides.

John disait simplement :

— L'habitude... Adieu !...

Koline et ses hommes descendaient l'escalier. Koline avait sa serviette sous le bras. Le capitaine adressa une œillade à Adil bey en passant devant lui.

Puis ce furent des allées et venues, des manœuvres, tout un vacarme d'ordres, de bruits de cabestan, de jet d'eau sur la chaîne d'ancre.

Est-ce que Koline, en rentrant chez lui, s'accouderait à la fenêtre pour regarder les fenêtres aveugles d'en face ?

Adil bey était quelque part sur un pont, accoudé au bastingage. L'univers bougeait. Les lumières changeaient de place. Des matelots passèrent près de lui en courant. De temps en temps résonnait le timbre du télégraphe qui transmettait les ordres aux machines.

Est-ce qu'il pleuvait ou était-ce le brouillard ? La peau était humide, le pont mouillé. Le halètement du moteur s'intensifiait.

On frôla une lumière verte, puis un feu rouge. Le bateau lança trois grands coups de sirène avant de prendre de la vitesse.

Batum ? On ne pouvait plus le voir. On avait franchi un cap et la partie la plus noire du ciel, c'étaient déjà les montagnes d'Asie Mineure.

— Le capitaine vous prie de le rejoindre dans sa cabine.

Le steward s'éloigna. Adil bey monta l'escalier, entendit des éclats de voix.

— Entrez !

La lumière était vive. Nejla, en pyjama rose, riait aux éclats tout en mettant une aiguille neuve au phonographe. Le capitaine avait déboutonné sa tunique. Le steward apporta du champagne.

— J'ai pensé que vous prendriez bien un verre avec nous...

L'aiguille étirait un tango qu'on jouait chaque soir au bar. Nejla en chantait des phrases, mimait des pas de danse en regardant les deux hommes avec des yeux brillants.

Puis elle s'assit sur le bras du fauteuil du capitaine. Puis...

On fit venir encore du champagne. Nejla rit beaucoup. Elle dansa. Elle embrassa le capitaine, et aussi Adil bey. Elle le força à danser.

De temps en temps, elle lui adressait un clin d'œil, surtout quand elle cajolait le Belge. Parfois aussi un sein jaillissait du pyjama et elle ne s'en apercevait pas tout de suite.

Le bateau vibrait régulièrement. Il n'y avait qu'un faible balancement et pourtant Adil bey se sentait mal à l'aise.

Comment penser à Sonia ? Il n'obtenait jamais qu'une robe noire, des bottes, un chapeau...

Le capitaine était heureux. Il était très tard quand il se leva.

— On va se coucher !

Il serra la main moite d'Adil bey. Nejla ne sortit pas de la cabine et, la porte refermée, on y rit encore.

Plus tard on ferma les volets du hublot et Adil bey, qui avait mal au cœur, glissa vers le bastingage, vomit avec des sursauts si profonds qu'il devait tenir son ventre à deux mains.

Les superstructures étaient aussi blanches que du lait, malgré le crachin. Tout le reste était noir.

Qu'est-ce que le ministre pourrait lui dire ? N'importe quel médecin retrouverait en lui les traces d'arsenic ! John, qui connaissait le pays, lui avait formellement conseillé de partir.

D'ailleurs, il s'était battu aux Dardanelles, puis pour Mustapha Kémal. Il n'avait pas hésité à remettre Pendelli à sa place.

On riait toujours, chez le capitaine, tandis qu'Adil bey, dans sa cabine, tournait le commutateur électrique, et regardait machinalement le hublot, comme pour s'assurer qu'il n'y avait plus de fenêtres en face.

Composition réalisée par JOUVE

IMPRIMÉ EN ESPAGNE PAR LIBERDUPLEX
Barcelone
Dépôt légal éditeur : 42061 - 02/2004
LIBRAIRIE GÉNÉRALE FRANÇAISE - 43, quai de Grenelle - 75015 Paris.
ISBN : 2 - 253 - 14304 - 9